濟公傳

活佛一生，嘻笑怒罵，盡皆文章；
狂言醉語，無非禪機，堪稱為佛門活寶。
且其所行，可謂大眾化、平民化，
無你我之分，顯示佛與眾生平等之旨趣，
可謂突破修行者「我執」之偏差，
以腳踏實地作風，
不畏權勢，不欺弱小，
達官貴人，照樣當頭棒喝；
販夫走卒，依然直指人心；
乃因佛門廣大，容得顛僧；
故此活佛神通，度化大眾。

濟公傳

目錄

序

為使本書內容更具警世意義，助人悟道修真，濟公於每回故事之後，加批評語，使人加深印象，得明濟公當時舉止之用意。

俾世人明曉濟公佯狂賣傻之真義，而能了悟本來面目，突破種種形相，找尋真我，始能自悟自成。禪師，亦即傳播禪宗心法，教外別傳之道，故常有呵佛罵祖之舉，非濟公冒瀆我佛、祖師，實乃人人各具佛性，個個圓成，勿假外求，而人佛本有平等之性，故呵佛罵祖，即在喚醒世人自性，有云打是愛，罵是疼，故諸佛不嗔不怪，祖師倒也喜歡無比。凡此，須有大智慧者，方可覺知禪意，不可作俗見解釋。

心喜菩提雖醉，佛心偏醒，所謂「德不孤，必有鄰。」天下幸有「濟公的傳人」矣！如不嫌濟公可憎，本書值得一讀，縱無甘露法雨，天花亂墜，保證翻開貝葉，暑夏定遇老李賣瓜，寒冬必逢濟公賣酒，歇足一嚐，其中滋味，如人飲水，冷暖自知矣！是為序。

《第一回》

靜中動羅漢投胎　來處去高僧辭世

詩曰：愛網無關愛不纏，金田有種種金丹，
禪心要在塵中淨，功行終須世上全；
煩惱脫於煩惱際，死生超出死生中，
不能火裏生枝葉，安得花開火裏蓮。

這八句詩，是說那釋教門中的羅漢，雖然上登極樂，無滅無生，但不在人世翻觔斗，弄把戲，則佛法何以闡明？神通難以顯示，那能點醒這塵世一班的愚庸？如今且說一位羅漢，因一念慈悲，在那西湖上留下五十年聖跡，後來萬代瞻仰，莫不稱奇道異，你道是誰？

卻說大宋高宗南遷建都在浙江臨安府（即今杭州），這浙中有一座天臺山最爲靈秀，乃是個活佛住的處所。這高宗建都在旁，遂改爲臺州府。這府中有座國清寺，寺中的長老法名一本，道號性空，僧臘已是六十八歲，也是累劫中修來的一尊羅漢。他往往默示禪機，絕不輕易露出本相。這年，正値殘冬，北風凜冽，彤雲密布，雨雪飛揚。晚齋後，長老在方丈室中禪椅上，端然獨坐。衆弟子群侍兩旁，佛前香煙靄靄，玻璃燈影幢幢。師弟們相對多時，有一弟子會悟於心，跪在長老面前道：「弟子蒙師慈悲點示靜理，今弟子細細參悟，已知靜中滋味，有如此之美矣。」長老微笑道：「你雖會得靜中滋味，固妙。然有靜必有動，亦不可因靜中有滋味，而遂謂動中全無滋味也。」弟子驚訝道：「蒙師慈悲點示靜理，今復云動，豈動中又別有滋味耶？」長老道：「動中若無滋味，則處靜者不思動矣。」正說著，只聽得豁喇喇一聲響亮，猶如霹靂，衆弟子盡吃一驚。長老道：「你等不必吃驚，此正所謂靜中之動也。可細細看來，聲從何起？」衆弟子領了法旨，遂一同移燈出了方丈室，行至法堂轉上大殿，並無聲影，再走入羅漢堂去，只見一尊紫磨金色的羅漢，連一張彩畫的木椅，都跌倒在地，眾僧才明白，原來聲出於此，遂回方丈室報知長老。長老也不做聲，閉目垂眉竟入殿去了。去不多時，忽回來說道：「適來一聲震動，跌倒在地上者，乃紫腳羅漢靜極而動，已投胎人世矣！幸去不遠。異日爾等自有知者。待彌月時，老僧當親往一看，並與之訣別也。」眾僧聽了，俱各驚異不提。正是：

已知來定來，早辨去時去；
來去兩分明，方是菩提路。

話說臺州府天臺縣，有一位宰官，姓李名茂春，又名贊善，爲人純謹厚重，不貪榮利，做了幾年官，就棄職歸隱於家。夫人王氏，十分好善，但是年過三十並無子嗣，贊善又篤於夫妻之好，不肯娶妾，夫妻兩個日夜求神祈佛。忽一夜，王夫人夢見一尊羅漢，將一朵五色蓮花相贈，夫人接來，一口吞下。自此之後，遂身懷六甲。到了十月滿足。正是宋光宗三年二月初二日，一更時分，生下一男，面如滿月，眉目清奇。臨生之時，紅光滿室，瑞氣盈門，贊善夫妻兩人歡喜異常。贊善忙燒香點燭，拜謝天地，一時親友盡來稱賀。

到了滿月，正在開筵宴客，忽門公來報：「國清寺性空長老，在外求見贊善。」贊善暗想：這性空和尚，乃當世高僧，等閒不輕出寺，爲何今日到此？連忙接入堂中，施禮相見。便道：「下官塵俗中，蒙老師法駕光臨，必有事故。」長老道：「並無別事，聞得公子彌月，特來祝賀。但此子與老衲有些來處因緣，欲求一見，與他說個明白。」贊善滿心歡喜，忙進內與夫人說知，叫丫環抱著，自己跟出來送與長老觀看。長老雙手接在懷中，將手摸著他的頭道：「你好快腳，怎冷了，不怕這等大雪，竟走了來。但聖凡相隔天淵，來便來了，切不可走差了路頭。」那孩子就像知道的一般，微微而笑。長老又拍他兩拍，高聲贊道：

莫要笑！莫要笑！你的事兒我知道。見我靜修沒痛癢，你要動中活虎跳。跳便跳，不可迷了靜中竅。色會燒身，氣能改道，錢財只合幫修造。若憂凍死須菩提，滾熱黃湯真實妙。你來我去兩分明，慎勿大家胡廝靠。

長老贊罷，遂將孩子抱還丫環叫他抱了進去。又問贊善道：「公子曾命名否？」贊善道：「連日因慶賀煩冗，尚未得佳名。」長老道：「既未有名，老僧不揣冒昧，妄定一名，叫做修元，顧名思義叫他恒修本命元辰。不識大人以爲何如？」贊善大喜道：「元爲四德之首，修乃一身之本。謹領大師臺教，感謝不盡。」長老遂起身作別。贊善道：「蒙老師遠臨，本當素齋，少申款敬。奈今設席宴賓，庖人烹宰，廚灶不潔，以致怠慢，容他日親詣寶刹叩謝。」長老道：「說謝是不敢當，但老僧不日即將西歸，大人如不見棄，屈至小庵一送，叨寵實多。」贊善道：「吾師僧臘尚未過高，正宜安享清福，爲何忽發此言？」長老道：「有來有去，乃循環之理，老僧豈敢有違。」遂別了贊善，回至寺中靜坐。

過了數日，時值上元，長老方出法堂陞座。命侍者撞鐘擂鼓，聚集人眾，次第頂禮畢，兩班排立。長老道：「老朽不日西歸，有幾句辭世偈言，念與大眾聽著：

正月半，放花燈，大眾年年樂太平，老僧隨眾已見慣，歸去來兮話一聲。既歸去，復何疑，自家心事自家知，若使旁人知得此，定被旁人說是非。故不說，痴成呆，生死之間難用乖，山僧二九西歸去，特報諸山次第來。生死來，休驚怖，今古人人有此路，黃泉白骨久已非，唯有青山還似故。水有聲，山有色，閻羅老子無情客，奉勸大眾早修行，先後同登極樂國。

長老唸罷，大眾聽得西歸之語，盡皆惶惶，一齊跪下懇求道：「弟子們根器頑鈍，正賴師慈，指示法教，幸再留數十載，以明慧燈之不滅！」長老道：「慧燈如何得滅？因彼靈光，致老僧隱焰。死生定數，豈可稽留？可抄錄法語，速報諸山，令十八日早來送我。」吩咐畢，遂下法堂。眾僧只得一面置龕，一面傳報。

到了十八日，諸山人等，盡來觀送。李贇善與眾官亦陸續來到。性空長老沐浴更衣，到安樂堂禪椅上坐下，諸山和尚，並一寺人等，俱簇擁侍立。長老呼其親信五個弟子至前，將衣鉢之類盡行付與，吩咐道：「凡體雖空，靈光不隔，機緣若到，自有感通。你五人謹守法戒，毋得放縱。」五弟子不勝悲慟，叩領法旨。長老又略定片時，忽開口道：「時已至矣！快焚香點燭，禮佛唸經。」眾僧依言，不一時，禮誦完畢。長老令取紙筆，大書一偈道：

耳順年踰又九，事事性空無醜；
今朝撒手西歸，極樂國中閒走。

長老寫畢，即閉目垂眉，即時圓寂。眾各舉哀，請法身入龕畢，各自散去。到了二月初九日，已是三七，又請大眾舉殯，這一日，天朗氣清，遠近畢至，大眾舉龕而行，只見幢幡前引，經聲隨後。直至焚化局，方停下龕子，在松林深處，五弟子請寒石巖長老下火，長老手執火把道：大眾聽著！

火光焰焰號無明，若坐龕中驚不驚？回首自知非是錯，了然何必問他人。

恭惟圓寂紫霞堂下，性空大和尚，本公覺靈，原是南昌儒裔，皈依東土禪宗，脫離凡塵，俗性皆空，真是佛家之種，無喜無嗔，和氣有方，從容名山獨占，樂在其中，六十九年一夢。

咦！不隨流水入天臺，趁此火光歸淨土。

寒石巖長老唸罷，遂起火燒著龕子，一霎時烈焰騰空，一刻燒畢，忽見火光叢中現出一位和尚，隨火光而起，下視眾人道：「多謝了汝等。」又叫贊善道：「李大人！汝子修元，乃佛家根器，非宰相骨相，但可爲僧，不宜出仕，切勿差了，使他錯了路頭。倘若出家，可投印別峰，或遠瞎堂爲師，須牢牢記取，不可忘懷。」贊善合掌向性空道：「蒙老佛慈悲指示，敢不遵命。」再欲問時，那和尚法相，已漸漸的向青雲內去了。那贊善因聽了長老雲衢囑咐的話，遂緊記在心，不敢暫忘。後來那修元果然的在靈隱寺出了家，做出許多奇事。正是「動靜玄機凝妙道，來去蹤跡顯神通。」畢竟後來如何？且聽下回分解。

濟公活佛評述

一、靜極思動，一腳踏破木雕羅漢，跑出一個木子修元（緣）來，只因兩腳落地，害老衲兩腿在西湖浪蕩了五十年。雖多顛狂，幸虧本性未昧，還可原本歸去，歇足定靜。眾生若想靜極思動，這一動「漏洞」可大了，掉下窪井爬不上來，只得變個「蛙兒」，頓失人身！正是：「一失足成千古恨，再回頭已是百年身。」

二、贊善無子求佛，只因贊善不惡，求佛便得佛子，正是：

求佛佛到，求子子來；
因緣相會，法門廣開。

三、我來他去，性空長老啊！老大不中留，世人不修要待何時？一來一去，免教僧多粥少！況俺兩個，都是過來人，誰不欠誰？世人喜得兒女來，兒女悲得老父去！新「陳」代「謝」，老和尚修夠了，換個小沙彌也應該。生死如斯，何用悲悽！

四、果然修元根器不凡，來頭非小，但不擺架子，不打官腔（唸經），依然和藹可親，且看他談俗說笑，不離人世，一心弘揚佛與眾生平等宗風，今日才得讓人懷念不已。

五、性空和尚虛空去，濟公和尚公道來，路不同而道相通，從此靈隱寺內顯正宗！

《第二回》 茅屋兩言明佛性 靈光一點逗禪機

話說李贊善曉得兒子修元，有些根器，遂加意撫養。到了八歲，請了個老師，同妻舅王安世的兒子王全，兩個同在家中讀書。那修元讀得高興，便聲也不住，從早晨直讀到晚；有時懶讀便口也不開，終日只得默坐瞪著眼睛只管想，想得快活，仰面向天哈哈大笑。有人問他，卻是遮遮掩掩的不說。

到了十二歲，無書不讀，文理精通，吟詩作賦，無般不會矣。這一日，時值清明，老師應例該休假回家。贊善設席款待，又備了一些禮物，命修元與表兄王全，帶了從人，送老師回家。二人送了老師到家後，轉身回來，打從一個寺前經過，修元問從人道：「這是何寺？」從人回道：「這是臺州府有名的祇園寺。」王全聽了便道：「祇園寺原來就在此處，聞名已久，今日無心遇著，我與賢弟何不進去一遊？」修元道：「表兄所言正合我意。」二人遂攜手而入，先到大殿上瞻仰了佛像，隨即遍繞迴廊觀玩景緻，信步走到方丈室來。早有兩個老僧攔住道：「有官長在內，二位客人若是閒遊，別處走走罷！」修元道：「方丈室乃僧家客坐，人人可到，就有長官在內，我二人便進去相見何妨？」遂昂昂然的走將進去，只見左邊坐著一位官長，右邊坐著本寺的道清長老，兩邊排列著幾十個行童，各執紙筆在那裏想。修元走近前把手一拱道：「請問大人與長老，這許多行童，各執紙筆在此何為？」那官長未及開言，這長老先看見他兩個衣貌楚楚，知道是貴家子弟，不敢怠慢，遂立起身來答應道：「此位大人因有事下海舟，至黑水洋，驀然波浪狂起，幾至覆沒，因許了一個度僧之願，方得平安還家。今感謝佛天，捨財一千貫，請了一道度牒，要披剃一僧，故集諸行童在此檢選。因諸行童各有所取，一時檢選不定。便做了一首詞兒，寓意要眾行童續起兩句，以包括之，若包括得有些意思，便剃他為僧。故眾行童各執紙筆，在此用心。」修元道：「原來如此，乞賜此位大人的原詞一觀，未識可否？」那位官長見修元語言不凡，遂叫左右將原詞付與修元道：「小客要看，莫非能續否？」修元接來一看，郤是一首滿江紅詞兒：

世事徒勞，常想到，山中卜築，共嘯傲，明月清風，蒼松翠竹。靜坐洗開名利眼，困眠常飽詩書腹。任粗衣淡飯度平生，無拘束！奈世事，如棋局。恨人情同車軸。身到處，俱是雨翻雲覆，欲向人間求自在，不知何處無榮辱？穿鐵鞋踏遍了紅塵，徒碌碌。

修元看畢，微微一笑，遂在案上提筆，續頭二句道：

「淨眼看來三界，總是一椽茅屋。」

那官人與道清長老看了修元續題之語，大有機鋒，不勝驚駭，遂讓二人坐下，命行童奉茶。長老道：「請問二位客人尊姓大名？」修元指著王全答道：「此即吾家表兄，乃王安世之子王全也。小生乃李贊善之子，賤字修元便是。」長老聽了又驚又喜道：「原來就是李公子，難怪下筆如此靈警，真是帶來的宿慧。」那官長見長老說話有因，問其緣故？長老道：「大人不知，十餘年前國清寺性空長老歸天之日，曾諄諄對李贊善道：『小公子是聖人轉世，根器不凡，只可出家，不宜出仕。』據李公子所續之語看來，那性空之言，豈非是真。」那官長聽了大喜道：「若能剃度得此位小客人爲僧，則勝於諸行童多矣。」修元聽得二人商量要剃度他，遂辭謝道：「剃度固是善果，但家父只生小生一人，豈有出家之理！」長老道：「貧僧揣情度理，以爲相宜，然事體重大，自當往貴宅見令尊大人禮請，今日豈敢造次。但難得二位公子到此，欲屈在敝寺暫宿一宵，未知意思何如？」修元道：「小生二人有父母在堂，從不敢浪遊，今因送業師之便，偶遇上剎偷閒半晌，焉敢稽留。」遂起身辭出，長老只得送出山門外，珍重而別。

那兄弟兩人回家，贊善因問道：「汝二人爲何歸來如此晚？」修元道：「爲因老師留下吃飯，又路過祇園寺，進去一遊，因此耽擱了多時。」贊善道：「入寺不過遊玩，有何事耽擱？」修元遂將官人有愿，要剃度一僧，及眾行童爭功續句之事，細細說了一遍。「那長老道是孩兒續的句字拔萃，要孩兒出家，被孩兒唐突了兩句，彼尚未死心，只怕明日還要來懇求父母。」贊善聽了，沉吟半晌。修元不知其意，便道：「他明日來時，不必懇辭，孩兒自有答應。」贊善道：「那道清長老乃當今尊宿，汝不可輕視了他，出言唐突。」修元道：「孩兒怎好唐突他，只恐他道力不深，自取唐突耳。」父子二人商量停當。

但到了次日，才吃了早膳，早有門公來報道：「祇園寺道清長老在外求見老爺。」贊善知道他的來意，忙出堂相見畢，坐定了，贊善便問道「老師法駕光臨不知有何事故？」長老道：「貧僧無故也不敢輕造貴府，只爲佛門中有一段大事因緣，忽然到了，特來報知，要大人成就。」贊善道：「是何因緣？敢求見教。」長老道：「昨有一位貴客，發願剃度一僧，以造功德，一時不得其人，因做了一首詞兒，叫眾行童續題二語，總括其意，以觀智慧；不過眾行童並無一人能續題二語，適值令公子入寺閒遊，看見了，信筆偶題二語，恰合機鋒；貧僧問知是令公子，方思起昔日性空禪師雲衢囑咐大人之言；實是菩提有種，特來報知大人，此乃佛門中因緣大事，萬萬不可錯過。須及早將令公子披剃爲僧，方可完了一樁公案。」贊善道：「性空禪師昔日所囑之言，焉敢有負。即今日上人成全盛意，感佩不勝。但恨下官獨此一子，若令其出家，則宗祧無繼，所以難以奉命。」長老道：「語云：『一子出家，九族昇天。』九族既已昇天，又何必留皮遺骨在於塵世。」贊善尚未回答，修元忽從屏後走了出來，向道清施禮道：「感蒙老師指示前因，恐其墮落，苦勸學生出家，誠乃佛菩薩度世心腸，但學生竊自揣度，尚有三事未曾了當，有負老師一番來意。」長老道：「公子差了，出家最忌牽纏，進道必須猛勇，不知公子尚有那三件未曾了當？」修元道：「竊思古今無鈍頑之高僧，學生年未及冠，讀書未多，焉敢妄參上乘之精微，此其一也。天下豈有不孝之佛菩薩，學生父母在堂，上無兄以勸養，下無弟以代養，焉敢削髮披緇，棄父母而逃禪，此其二也。其三尤爲要緊，因燈燈相續，必有真傳，學生見眼前曾叢林雖則眾多，然上無摩頂之高僧，次少傳心之尊宿，其下即導引指迷之善知識尚不可得見，學生安敢失身於盲瞽者乎？」

長老聽了哈哈大笑道：「若說別事，貧僧或者不知，若說此三事，則公子俱已了當矣，又何須過慮？公子慮年幼無知，無論前因宿慧，應是不凡，即昨日所續二語，已露一斑，豈是鈍頑之輩！若說出家失孝，古人出身事君，且忠孝不能兩全，何況出家成佛作祖後，父母生死俱享九天之大樂，豈在晨昏定省之小孝？至於從師得能如五祖六祖之傳固好，倘六祖之後無傳，不幾慧燈絕滅乎？貧僧爲衲已久，事佛多年，禪機頗諳一二，豈不能爲汝之師而慮無傳耶？」修元微笑道：「人之患在好爲人師，老師既諳禪機，學生倒有一言動問，老師此身住世幾何年矣？」此時長老見修元出言輕薄，微有怒色，答道：「老僧住在世上已六十二年矣。」修元道：「身既住在此世六十二年，而身內這一點靈光，卻在何處？」長老突然被問，不曾打點，一時間答應不出來，默默半晌無語。修元道：「只此一語，尚未醒悟，焉能爲我師乎？」將衣袖一拂，竟走了進去。長老不勝慚愧，急得置身無地。贊善再三周旋，只得上前陪罪道：「小兒年幼狂妄唐突，望老師恕罪。」長老因乏趣無顏久坐，自辭還寺。

回去之後，一病三日不能起床，眾弟子俱惶惶無策。早有觀音寺內的道淨長老，聞知前來探問。道清命行童邀入相見，道淨問道：「聞知師兄清體欠安，不知是寒是熱，因何而起？故特來拜候！」道清愁著眉頭道：「不是受寒，也非傷熱，並不是無因而起。」道淨道：「究竟為著何事而起，何不與我說個明白？好請醫生來下藥。」只見道清長老，對道淨長老說出幾句話來，道：「高才出世，驚倒了高僧古佛；機緣觸動，方識得宿定靈根。」畢竟道清長老害的是何症候，且聽下回分解。

濟公活佛評述

一、小時候倒是個小聰明，讀書因知書中味，粗思細想總為啥？有時默坐，有時笑呵呵！問我何事？遮掩不告，只有我心理曉得，老天知道！

二、遊祇園寺，會見道清長老。適有個官長駕舟、遇波浪，幸許下度僧之願，菩薩庇佑，得以死去活來，故捨一千貫錢，正好為修元買了一件僧衣。世人安享榮華，是否感謝佛恩，捨一些錢，度幾個「小濟公（修道人）呢？」世事徒勞，轉眼成空，不如預先度幾個和尚（佛子），好待百年腳硬時，好引我西天去！

三、「一子出家，九族昇天」，這是一句贊語，莫非一子出家，九族也跟著出家，否則焉買得此便宜貨？哈哈！出得去，回不來，才是真出家。不少衲友，人在深山心想家，或把寺廟當家，皆非出家子！

何以道？出家要上山下海，去挖金撈魚。正是：「向三山五嶽體自然，掘寶悟真性；五湖四海看活物，摸魚聊充饑！」這不是開齋破戒，是想活水撈法身（自照！自照！）

四、傳燈照後，見我佛三寸氣在，趕緊一氣相接，好將慧命續徒孫。拜師先考師，一句「住世六二年，一點靈光在何處？」問得道清長老啞巴吃黃蓮，靈光燒禿驢，莫怪我，只因明師出高徒！如不經這一關，老死塵世有誰知！問得氣悶病倒，長老有禮！

《第三回》

近戀親守身盡孝　遠從師落髮歸宗

話說道清長老被修元禪機難倒，抱著慚愧回來，臥床不起。道淨長老認爲生病，特來探問其緣故。道清長老隱瞞不過，遂將要披剃修元之事，被他突然問我靈光何處？我一時對答不來，羞慚回來，所以不好見人。道淨道：「此不過口頭禪耳，何足爲奇？待我去見他，也難他一難，看是如何？」道清道：「此子不獨才學過人，實是再世宿慧，賢弟卻不可輕視了他。」

正說未了，忽報李贊善同公子在外求見長老。長老只得勉強同道淨出來，迎接進去，相見禮畢，一面獻茶。贊善道：「前日小兒狂妄，上犯尊師，多有得罪，故下官今日特來賠罪，望老師釋怒爲愛！」道清道：「此乃貧僧道力淺薄，自取其愧，與公子何罪？」道淨目視修元，接著問道：「此位莫非就是問靈光之李公子麼?」修元答道:「學生正是。」道淨笑道:「問易答難,貧僧亦有一語相問,未識公子能答否?」修元道:「理明性慧,則問答同科,安有難易,老師既有妙語,不妨見教。」道淨道:「欲問公子尊字?」修元道:「賤字修元。」道淨道:

字號修元,只恐元辰修未易。

修元聽了便道:「欲請問老師法諱?」道淨道:「貧僧道淨。」修元應聲道:

名為道淨,未歸淨土道難成。

道淨見修元出言敏捷,機鋒警策,不禁肅然起敬道:「原來公子果是不凡,我二人實不能為他師,須另求尊宿,切不可誤了因緣。」贊善道:「當日性空禪師歸西之時,曾吩咐若要為僧,須投印別峰、遠瞎堂二人為弟子,但一時亦不能知二僧在於何處?」道淨道:「佛師既有此言,必有此人,留心訪問可也。」大家說得投機，道清又設齋款待，珍重而別。

那修元回家，每日在書館中只以吟詠為事，雖然拒絕了道清長老，然出家一個種子，未免放在心頭，把功名之事，全不關心。時光易過，倏忽已是十八歲，父母正待與他議婚，不料王夫人忽染一病，臥床不起，再三服藥，全無效驗，不幾日竟奄然而逝。修元盡心祭葬成禮，不幸母服才終，父親相繼而亡。修元不勝哀痛，又服喪三年，以盡其孝。自此之後無罣無礙，得以自由。母舅王安世屢次與他議婚，他俱決辭推卻。

閒來無事，只在天臺諸寺中訪問印別峰和遠瞎堂兩個長老的信息。訪了年餘，方有人傳說：「印別峰和尚在臨安經山寺做住持。遠瞎堂長老曾在蘇州虎丘山做住持，今又聞知被靈隱寺請去了。」修元訪得明白，便稟知母舅，要離家出去尋訪。王安世道：「據理看來，出家實非美事，但看你歷來動靜，似與佛門有些因緣。但汝尚有許多產業，並無兄弟，卻叫誰人管理？」修元道：「外甥此行，身且不許，何況產業？總託表兄料理可也。」遂擇定了二月十二日吉時起身。王安世無奈，只得與他整治了許多衣服食物，同小兒王全相送了修元一程。修元攜了兩個從人，帶了些寶鈔，拜別王安世與王全兩個親戚，飄然出行，離了天臺竟往錢塘而走。

不數日，過了錢塘江，登岸入城，到了新宮橋下一個客店裏歇下了。次日吃了早飯，帶了從人往各處玩。但見人煙湊集，果然好個勝地。但是這些風光景物毫未洽心。遊至晚上回來，問著客店主人道：「聞有一靈隱寺，卻在何處？」主人道：「這靈隱寺正在西山飛來峰對面，乃是有名的古寺。」修元道：「同是佛寺，爲何這靈隱寺出名？」主人道：「相公有所不知，只因唐朝有個名士，叫做宋之問，曾題靈隱寺一首詩，內有『桂子月中落，天香雲外飄』之句。這詩出了名，故連寺都成了古蹟。」修元道：「要到此寺，從何路而往？」主人道：「出了錢塘門便是西湖，過了保叔塔，沿著北山向西去便是岳墳，由岳墳迤邐向南走，便是靈隱寺了。這靈隱寺前有石佛洞、冷泉亭、呼猿洞，山明水秀，佳景無窮，相公明日去遊方知其妙。」修元道：「賢主人所說乃是山水，但不知寺中有甚高僧麼？」主人道：「寺中雖有三五百眾和尚，卻是不聽得有甚高僧。上年住持死了，近日在姑蘇虎丘山請了一位長老來，叫做遠瞎堂，聞得這個和尚能知過去未來之事，只怕算得是個高僧吧！」修元問得明白，暗暗歡喜，當夜無話。

到了次日早起來，仍是秀士打扮，帶了從人，竟出錢塘門來。此時正是三月天氣，風和日暖，看那個湖上山光水色，果然景緻不凡。修元對從人道：「久聞人傳說西湖上許多景緻，吾今日方才知道。」就在西湖北岸上走入昭慶寺來，看見大殿上供奉著一尊千手千眼觀世音。心中有感，口占一頌道：

一手動時千手動，一眼觀時千眼觀；
既是名為觀自在，何須拈弄許多般。

又向著北山而行，到了大佛寺前，入寺一看，見一尊大佛，只得半截身子。又作一頌道：

背倚寒巖，面如滿月；盡天地人，只得半截。

頌畢，又往西行走到了岳墳。又題一首道：

風波亭一夕，千古岳王墳；前人豈戀此，要使後人聞？

又見了生鐵鑄成秦檜、王氏，跪在墳前，任人鞭打。又題一首道：

誅惡恨不盡，生鐵鑄奸臣；痛打亦不痛，人情借此伸！

題畢，又向南而行。不多時，早到飛來峰下，冷泉亭上，見亭上風景清幽，動人逸興，便坐了半響。

未及入寺，正流覽間，忽見許多和尚，隨著一位長老，從從容容的入寺去。修元忙上前向著一個落後的僧人施禮道：「請問上人，適才進去的這位長老是何法號？」那僧人回禮答道：「此是本寺新住持遠瞎堂長老，相公問他有何事故？」修元道：「學生久仰長老大名，欲求一見，不知上人能代爲引進否？」那僧人道：「這位長老，心空眼闊，於人無所不容，相公果真要見，便可同行。」修元大喜，就隨了僧人，步入殿內，到了方丈室。那僧人先進去說了，早有侍者將修元邀請進去。修元見了長老，便倒身下拜。長老問道：「秀才姓甚名誰，來此何幹？」修元道：「弟子自天臺山不遠千里而來，姓李名修元，不幸父母雙亡，不願入仕，一意出家。久欲從師，不知飛錫何方，故久淹塵俗。近聞我師住持此山，是以洗心滌慮，特來投拜，望我師鑒此微誠，慨垂

青眼。」長老道：「秀才不知『出家』二字，豈可輕談？豈不聞古云『出家容易坐禪難』，不可不思前慮後也。」修元道：「一心無二，則有何難易？」長老道：「你既是從天臺山而來，那天臺山中三百餘寺，何處不可爲僧，反捨近而求遠？」修元道：「弟子蒙國清寺性空佛師西歸之時，現身雲衢，諄諄囑咐先人，當令修元訪求老師爲弟子。故弟子念茲在茲，特來遠投法座下，蓋遵性空佛師之遺言也。」長老道：「既是如此，汝且暫退。」命侍者焚香點燭，危坐禪床，入殿而去了。

半晌出殿說道：「善哉！善哉！此種因緣，卻在於斯。」此時長老雖叫修元暫退，他卻未曾退去，尚立在旁邊。長老開目看見問道：「汝身後侍立者何人？」修元道：「是弟子家中帶來的僕從。」長老道：「你既要出家，僕從卻不能代你爲僧，可急急遣歸。」修元領命，遂吩咐從人，將帶來寶鈔取出納付長老常住，以爲設齋請度牒之用。餘的付與從者作歸家路費，從人道：「公子在家，口食精肥，身穿綾錦，童僕林立。今日到此，只我二人盤纏有限，已自冷落淡薄，今若將我二人遣歸去，公子獨自一人，身無半文，怎生得過？還望公子留我二人在此服侍。」修元道：「這個使不得，從來爲僧俱是孤雲野鶴，豈容有伴。你二人只合速回，報知母舅，說我已在杭州靈隱寺爲僧。佛天廣大，料能容我，不必掛念。」二僕再三苦勸，修元只是不聽。二人無可奈何，只得泣別回去不題。

卻說遠瞎堂長老入殿之後，知道修元是羅漢投胎，到世間來遊戲。故不推辭，叫人替他請了一道度牒來，擇個吉日備齋供，點起香花燈燭，鳴鐘擊鼓，聚集大眾。在法堂命修元長跪於法座之下，問道：「汝要出家，果是善緣，但出家容易還俗難，汝知之乎？」修元道：「弟子出家乃性之所安，心之所悅，並非勉強，豈有還俗之理？求我師慈悲披剃。」長老道：「既是如此，可將他鬢髮分開，縮成五個髻兒。」指說道：「這五髻前是天堂，後是地獄，左爲父，右爲母，中爲本命元辰，今日與你一齊剃去，你須理會。」修元道：「蒙師慈悲指示，弟子已理會得了。」長老聽了，方才把金刀細細與他披剃。剃畢，又手摩其頂，爲他授記道：

佛法雖空，不無實地；一滴為功，片言是利。但得真修，何妨遊戲？

法門之重，善根智慧；僧家之戒，酒色財氣。

多事固愚，無為亦廢；莫廢莫愚，賜名道濟。

長老披剃畢，又吩咐道濟道：「你從今以後，是佛門弟子了，須守佛門規矩。」道濟道：「不知從何守起？」長老道：「且去坐禪。」道濟道：「弟子聞佛法無邊，豈如斯而已乎？」長老道：「如斯不已，方不如斯！」（註：不僅是這樣而已，但望你能先懂這樣）。遂命監寺送道濟到雲堂內來。道濟不敢再言，只得隨了監寺到雲堂內。而修元此番出家，卻令：「三千法界，翻爲酒肉之場。道濟何難？受盡懊惱之氣。」畢竟不知道濟坐禪如？且聽下回分解。

濟公活佛評述

一、小露機鋒，驚倒道清、道淨，原來清淨雖妙，不若入塵為高，只因尚有未了情，還須遠瞎堂中摸索一番，正是：

拜師學道重因緣，面對如來笑濟顛；
清淨囊中無一物，塵埃點化大千。

二、母逝父亡，運不逢辰，正是：「屋漏偏逢連夜雨，露濕驚醒向佛心！服喪三年，孝思片片，欲報親恩幾？不如行個大孝萬萬。母舅議婚，只是無心；雙親兩去，還我自由！有言道：

羅漢本來愛單身，不愁吃穿費用省；
東西南北任可去，屋簷路邊腳一伸。

因此，產業付表兄，落得一身輕，一路往靈隱寺，尋找皈依處！

三、出家容易還俗難，披剃煩惱絲，烙下心印疤，從此休了，喜得長老賜下法名：「道濟！」「但得真修，何妨遊戲！」只因此一言，道濟遊戲在人間。

四、坐禪乎？坐不慣，理還亂，只想「動禪」「任性」，大開人間方便門，就此揭開了濟公神奇的一齣序幕。

《第四回》坐不通勞心苦惱　悟得徹露相佯狂

卻說道濟隨著監寺到雲堂中來，只見滿堂上下左右，俱舖列著禪床，有人坐在裏面。監寺指著一個空處，道：「道濟！此處無人，你可坐罷！」道濟就要爬上禪床去，卻又不知該橫該豎，因向監寺道：「我初入法門，尚不知怎麼樣坐的，乞師兄教我。」監寺道，你既不知，我且說與你聽著：

「也不立，也不眠。腰直於後，膝屈於前。壁豎正中，不靠兩邊。下其眉而垂其目，交其手而接其拳。神清而爽，心靜是安，口中之氣入而不出，鼻內之息斷而又連。一塵不染，萬念盡捐。休生怠惰，以免招愆。不背此義，謂之坐禪！」

道濟聽了這一番言詞，心甚恍惚，然已到此，無可奈何，只得勉強爬上禪床，照監寺所說規矩去坐。初時尚有精神支撐住了，無奈到三更之後，精神疲倦。忽然一個昏沉，早從禪床上跌了下來，止不住連聲叫起苦來。監寺聽見慌忙進來說：「坐禪乃入道初功，怎不留心，卻貪著睡，以致跌下來。論起禪規，本該痛責，姑念初犯，且恕你這一次！若再如此，定然不饒。」監寺說完自去。道濟將手去頭上一摸，已跌起一個大疙瘩來了，無可奈何，只得掙起來又坐。坐到後來，一發睡思昏昏，不知不覺，又跌了下來。監寺聽見又進來斥說了一番，不期道濟越坐越掙挫不來，一連又跌了兩跤，跌得頭上七塊八塊的青腫。監寺大怒道：「你連犯禪規，若再饒你，越發怠惰了！」遂提起竹板道：「新剃光頭，正好試試！」便向頭一下，打得道濟抱著頭亂叫道：「頭上已跌了許多疙瘩，又加這一竹板，疙瘩上又加疙瘩，叫我如何當得起？我去告訴師父！」監寺道：「你跌了三四次，我只得打你一下，你倒還要告訴師父，我且再打幾下，免得師父說我賣法！」提起竹板又要打來，道濟方才慌了道：

「阿哥，是我不是，饒了我罷！」監寺方冷笑著去了。

漸漸天明，道濟走起來，頭上一摸，七八塊的無數疙瘩，連聲道：「苦惱！苦惱！才坐得一夜，早已滿頭疙瘩，若坐上幾夜，這顆頭上那安放得這幾多疙瘩，真是苦惱！」只是入了禪門又不好退悔，且再熬下去，又熬了兩月，只覺禪門中苦惱萬千，趣味一毫也沒有。因想道：「我來此實指望明心見性，有些會悟。今坐在聾聽瞎視中，與土木何異？昔日在家時，醇釀美酒，香脆佳餚，盡我受用。到此地來，黃菜淡飯，要多吃半碗也不能，如何過得日子。不如辭過了長老，還俗去罷，免得在此受苦。」立定了念頭，急急的跳下禪床，往外就走。走到雲堂門首，早有監寺攔住道：「你才小解過，為何又要出去？」道濟道：「牢裏罪人，也要放他水火，這是個禪堂，怎管得這樣的緊？」監寺沒法，便道：「你出去，須要速來。」道濟也不答應，出了雲堂，一直的走到方丈室來。那遠長老正在入定，伽藍神早已告知其故，所以連忙出殿，見道濟已立在面前。遂問道濟：「你不去坐禪，來此做甚麼？」道濟道：「上告吾師，弟子實在不慣坐禪，求我師放我還俗去罷。」長老道：「我前日原曾說過，出家容易還俗難。汝既已出家，豈有還俗之理？況坐禪乃僧家第一義，你爲何不慣？」道濟道：「老師但說坐禪之功，豈不知坐禪之苦？」待弟子細說與老師聽：

坐禪原為明心，這多時茫茫漠漠，心愈不明。靜功指望見性，那幾日昏昏沉沉，性愈難見。睡時不許睡，強掙得背折腰駝；立時不容立，硬豎的筋疲力倦。向晚來，膝骨伸不開；到夜深，眼皮睜不起。不偏不側，項頂戴無木之枷；難轉難移，身體坐不牢之獄。跌下來臉腫頭青；爬起時，手忙腳亂。苦已難熬，監寺又加竹板幾下；佛恩洪大，老師救我性命一條！

長老笑道：「你怎將坐禪說得這苦。此非坐禪不妙，皆因你不識坐禪之妙，快去再坐，坐到妙方知其妙。自今以後，就是坐不得法，我且去叫監寺不要打你，你心下如何？」道濟道：「就打幾下還好挨，只是酒肉不見面，實難忍熬。弟子想佛法最寬，豈一一與人計較。今杜撰了兩句佛語，聊以解嘲，乞我師垂鑒。」長老道：「甚麼佛語，可唸與我聽？」道濟道：「弟子不是貪口，只以爲一塊兩塊，佛也不怪。一腥兩腥，佛也不嗔。一碗兩碗，佛也不管。不知是也不是？」長老道：「佛也不怪不嗔任你，豈不自家慚愧？皮囊有限，性命無窮，決不可差了念頭！」道濟不敢再言。正說話間，聽得齋堂敲雲板，侍者奉上飯來，長老就叫道濟同喫，道濟一面吃，一面看長老碗中，只有些粗糙麵筋，黃酸虀菜，並無美食受用，感嘆不勝。口占四句道：

小黃碗內幾星麩，半是酸虀半是瓠；
誓不出生違佛教，出生之後碗中無。

長老聽了道：「善哉！善哉！汝既曉得此種道理，又何生他想？」道濟言：「不瞞吾師說，曉是曉得，只是熬不過。」長老道，你來了幾時？坐了幾時？參悟了幾時？便如此著急，豈不聞：

月白風清良夜何？靜中思動意差訛；
雪山巢頂蘆穿膝，鐵杵成針石上磨。

道濟聽了道：「弟子工夫尚淺，願力未深，怎敢便生厭倦，不習勤勞。但弟子自拜師之後，並未曾蒙我師指教一話頭，半句偈語，實使弟子日坐在糊塗桶中，豈不悶殺！」長老道：「此雖是汝進道猛勇，但覺得太性急了些。也罷！也罷！可近前來。」道濟只道有甚話頭吩咐，忙忙的走到面前，不防長老兜臉的一掌，打了一跌道：「自家來處尚不醒悟，倒向老僧尋去路，且打你個沒記性！」那道濟在地下，將眼睜了兩睜，把頭點了兩點。忽然爬將起來，並不開口，緊照著長老胸前一頭撞去，竟將長老撞翻，跌下禪椅來，逕自向外飛奔去了。長老高叫有賊、有賊。眾僧聽見長老叫喊，慌忙一齊走來問道：「賊在那裏？不知偷了些甚麼東西？」長老道：「並非是銀錢，也不是物件，偷去的是那禪門大寶！」眾僧道：「偷去甚麼大寶？是誰見了？」長老道：「是老僧親眼看見，不是別人，就是道濟。」眾僧道：「既是道濟，有何難處，待我等捉來，與長老取討！」長老道：「今日且休，待我明日自問他取討罷。」眾僧不知是何義理，大家恍恍惚惚的散去了。

卻說這道濟被長老一棒一喝，點醒了前因，不覺心地灑然，脫去下根，頓超上乘。自走出方丈室，便直入雲堂中，叫道：「妙妙妙！坐禪原來倒有好耍子！」遂爬上禪床，向著上首的和尚一頭撞去，道：「這樣坐禪妙不妙？」那知和尚慌了道：「這是甚麼規矩？」道濟道：「坐得不耐煩，耍耍何妨？」又看著次首的和尚也是一頭撞去，道：「這樣坐禪妙不妙？」這個和尚急起來道：「這是甚麼道理？」道濟道：「坐得厭煩了，玩玩何礙？」滿堂中眾和尚看見道濟這般模樣，都說道濟你莫非瘋了？道濟笑道：「我不是瘋，只怕你們倒是瘋了。」那道濟在禪床上口不住、手不住，就鬧了一夜，監寺那裏禁得住他，到次日眾僧三三五五都來向長老說。長老暗想道：「我看道濟來見我，何等苦惱，被我點化幾句，忽然如此快活，自是參悟出前因，故以遊戲吐靈機。若不然，怎能夠一旦活潑如此，我且去考證他一番，便知一切。」遂令侍者去撞鐘擂鼓，聚集僧眾。長老升坐法堂，先令大眾宣念了一遍淨土咒，見長老方宣佈道：我有一偈，大眾聽著：

昨夜三更月甚明，有人曉得點頭燈；
驀然想起當年事，大道方把一坦平。

長老念罷，道：「人生既有今世，自然有前世與後世。後世未來，不知作何景界，姑且勿論。前世乃過去風光，已曾經歷，何可不知。汝大眾雖然靈器不同，卻沒個不從前世而來，不知汝大眾中亦有靈光不昧，還記得當時之本來面目者否？」大眾默然，無一人能答。

此時道濟正在浴堂中洗浴，聽得鐘鼓響，連忙繫了浴褲，穿上袈裟，奔入法堂。正值長老發問，並無一個人回答，道濟隨即上前長跪道：「我師不必多疑，弟子睡在夢中，蒙師慈喚醒，已記得當時之事了。」長老道：「你既記得，何不當人眾之前，將底裏發露了。」道濟道：「發露不難，只是老師不要嫌我粗魯。」那道濟就在法座前，頭著地，腳向天，突然一個筋斗，正露出了當前的東西來。大眾無不掩口而笑，長老反是歡歡喜喜的道：「此真是佛家之種也。」竟下了法座回方丈室而去。

這些大眾曉得甚麼，看見道濟顛顛痴痴，作此醜態，長老不加懲治，反羨嘆不已，盡皆不平。那監寺和職事諸僧到方丈室來稟長老道：「寺內設立清規，命大眾持守。今道濟佛前無禮，在師座前發狂，已犯佛門正法。今番若恕了他，後來何以懲治他？望我師萬勿姑息！」長老道：「既如此，單子何在？」首座忙呈上單子，要長老批示。長老接了單子，對眾僧道：「法律之設，原為常人，豈可一概而施！」遂在單子後面批下十個字道：

禪門廣大，豈不容一顛僧。

長老批完，付與首座，首座接了，與眾僧同看了，皆默默退去，沒一個不私裏埋怨。自此之後，竟稱「道濟」做「濟顛」了。正是：

葫蘆不易分真假，遊戲應難辨是非。

畢竟不知濟顛自此以後，做出許多甚麼事來，且聽下回分解。

濟公活佛評述

一、初坐禪床，手腳發麻，木板上，硬綳綳，看他呆坐好似一尊木偶像，有啥稀奇？一旦跌下，自個兒無法爬上來，如何自度？不若蹦蹦跳跳，來得快活些！

二、新禿頭，正好打，打頭好出頭，疙瘩粒粒像個釋迦佛。也許當初喜歡揭人瘡疤，打破甕底，洩盡了滓渣，如今佛頭，才得留幾個釋迦！今人爭的頭破血流，摔得焦碩爛額，也長不出一粒佛果，卻因「腦震盪」，往生西方了！

三、學道苦，又沒酒肉飽肚腹，也無厚味口上糊，想到此，還是還俗好，做個凡夫俗子，酒色財氣，一切正常，無人干涉，誰來過問？想修道，人批評，他譏笑！說什麼趕不上時代，也沒有時髦，吃穿都是老一套！道友！千萬別學道濟一時糊塗，差點往下掉！

四、幸祖宗有德，菩薩保佑，總算保住了道心。一日，不幸被長老打了一掌，跌了一交，道：「自家來處尚不醒悟，倒向老僧尋去路，且打你個沒記性！」這一打，突然教我魂驚魄醒，曉得那裡來，也該如何去！順頭撞得長老四腳朝天喊爹娘，哈哈！這種拜法是真道，爹娘生身恩難報，如今終於悟得本來面貌。長老道有賊，原來我是取得了恩師衣缽真法寶，好在他跌倒，否則不知何時才悟道！

五、長老問大眾，誰記得當時之本來面目？大家無言以對，我已得寶，且將底牌掀開，原來是「這一根法寶」！哈哈！莫怪道濟不像樣，眾人之前耍命根，只因父母生我由此來，若不展示此道根，告知佛家真種子，枉叫世人作孽，將此善根變孽根了。生也由此，死

也由此，悟得本來管道，水沖靈山，我佛下凡！（此句須悟，不可白讀）

六、道濟無禮，眾僧無知，豈知我隱藏了「慧根」。丈二金剛摸光頭，尋不著啥名堂！幸長老知我，批道：「佛門廣大，豈不容一顛僧！」我且道：「生死事大，務必要斬草除根。」——斷孽根，無生死。

《第五回》有感通唱歌度世　無執著拂棋西歸

話說道濟自翻觔斗，證出本來，那些大眾不叫他道濟，卻都叫他做濟顛了。這濟顛竟將一個「顛」字，認做本來面目，自此以後穿衣吃飯屙屎撒尿，都帶著三分顛意。大家見他攪擾禪堂，都來稟告長老，長老只是安慰大眾，絕不懲治。濟顛越發任意，瘋瘋癡癡，無所不爲。有時到冷泉亭上，引著一班孩子撥跌戲耍。有時到呼猿洞裏呼出猿來，同他翻觔斗。有時合著幾個酒鬼，去上酒店唱山歌胡鬧。再無一日安眠靜坐。

忽一日，大眾正在大殿獻香花燈燭，替施主誦經，道濟卻吃得醉醺醺，手裏托著一盤肉，走到佛面前，踏地坐下，口中唱一回山歌，又吃一回肉。監寺不勝憤怒喝道：「這是佛殿莊嚴之地，況有施主在此齋供，您怎敢在此裝瘋攪擾，成何規矩？還不快快走開。」濟顛嚷道：「放屁！我吃肉唱歌，比施主齋供你這班禿驢，所唸的經還利益許多，怎不逐他們倒來逐我？」監寺見逐他不動，欲稟長老，又因長老屢屢護短，諒來不聽，無可奈何，只得轉邀了施主，同找長老，對濟顛攪亂佛堂之事，細細說了一遍。長老道：「既是這樣，待我喚他來訓示一番。」遂命侍者將濟顛喚至方丈室，說道：「今日乃是此位施主，祈保母病平安的大道場，你爲何不發慈悲，反折斷眾僧的功課，是何道理？」濟顛道：「這些和尚只會吃齋討施主的錢，曉得什麼做功德修道？弟子因見了施主誠心，故來唱一個山歌兒，代他祈安消災，奈何那班禿子，反來逐我。」長老道：「你唱的什麼山歌，怎能祈安植福？」濟顛道：「弟子唱的是：『你若肯向我吐真心，包管你舊病兒一時好。』」長老聽了點點頭兒，眾僧正要再上前說話，不道那施主的家裏人，慌慌張張的來報道：「老太太的病已好，坐起在床，叫人快請官人回去哩！」施主聽了又驚又喜。家人道：「老太太睡夢中聞得一陣肉香味，不覺精神陡長，卻似無病一般，竟坐了起來。」施主聽了，看著濟顛道：「這等想起來，老師正是活佛，待我拜謝！」說還未了，濟顛早一路觔斗溜出方丈室，不知那裏去了。正是：

慢道真人不露踪，顯然無奈是神通；
因愁耳目昭彰去，裝瞎看人又作聾。

濟顛經此一番，早有人將他的行事，傳到十六廳朝官耳朵裏去，那眾官及太尉（官名）聞他的名兒，都與他往來。然而，他瘋瘋顛顛的行爲，終日在頑蠢群中打遊戲，這些俗眼人，都被他瞞過了。

忽一日，長老在方丈室閒坐，那濟顛手裏拿著一盞金燈，引著許多小孩子，敲著小鑼，打著小鼓，亂閧閧的跟著濟顛。濟顛口裏唱山歌兒，一同舞進方丈室來。長老道：「濟顛！你怎麼這等沒正經，吵鬧此清靜禪堂，惹得大眾說長說短，連累老僧受氣。」濟顛道：「我師不可聽信這般禿頭胡言亂語說夢話，禪堂原是清靜的，弟子何曾吵鬧，今日是正月半元宵佳節，難逢難遇的，弟子恐辜負了好時光，故作樂耍戲，此乃人天一條大路，可來可去，與這班禿頭有甚相干？卻只管來尋事吵鬧，望我師作主。」長老道：「你們是是非非，我也不耐煩管。今日既是正月半，不可無一言虛度。」遂令侍者撞鐘擂鼓，聚集眾僧，都到法堂上焚香點燭，長老升座唸道，大眾聽著：

正月半，是誰判？忽送一輪到銀漢。鬧處摸人頭，靜處著眼看。從來虛空沒邊岸，相呼相喚去來休。看取明年正月半？

長老唸罷，正要下法堂，濟顛忙上前道：我師且少待，弟子有數言續於後：

正月半，莫要算！一算便要立公案。兩年為甚一年期，一般何作兩般岸。今年尚是好風光，只恐明年是彼岸。

長老遂令侍者將語錄抄了，報告諸山，纔下法座。大眾不知其意，都擁著濟顛來問，濟顛一個觔斗，又溜出山門去了。

卻說這遠長老原是個大智慧的高僧，見濟顛舉動盡合禪機，自己的衣鉢有傳，故放下了心頭，隨緣度去。時光迅速，不覺過了一年，又値正月半，忽臨安縣知府來拜，長老忙請入方丈室相見畢。長老道：「相公今日垂顧，不知爲著何事？」知府道：「並無別事，只因政務淸閒，特來領禪師大教。」長老道：「既是相公有此閒情，請同到冷泉上去下盤棋子何如？」知府道：「知己忘言，手談更妙！」二人遂攜手同到冷泉亭上來。排下棋局，分開黑白，欣然下棋，一局尚未終，只見衆侍者紛紛來報說：「諸山各剎方丈中的長老都到了。」說未了，又有侍者來報道：「佛殿上十六廳的朝官都來了。」長老驚問道：「爲何今日大衆都來？」侍者道：「想是去年正月半升法座時，曾『相呼相喚去來休，看取明年正月半』語錄，抄報諸山，故衆人認真起來，盡來相送。」長老笑道：「我又不死，來做甚麼？」侍者道：「我師既尚欲慈悲度世，何不作一頌，打發大衆回去。」長老想了一想道：「既是衆人都來了，怎好叫他回去。」就對知府道：「相公請回吧！老僧不得奉陪了。」遂立起身來，將棋子拂了一地，口中唸道：

一回殘棋猶未了，又被彼岸請涅槃。

長老遂回方丈室洗了浴，換了潔淨衣服，走到安樂堂禪椅子坐下。此時諸山和尚，及一班人眾，皆來擁著長老。長老教人去尋濟顛來。眾人去尋了半晌，那裡見濟顛影兒。長老道：「既尋他不見，也罷了。只是貧僧衣鉢無人可傳，必須他來方好。」眾僧道：「我師法旨留與濟顛，誰敢不遵？」長老道：「還有一事，下火亦必要濟顛，不可違了。」說罷，遂合眼垂眉，坐化而去了。眾僧正在悲痛，忽見長老所養在冷泉後的那隻金絲猿，急急忙忙的跑來，看著長老靈座，繞了三匝，哀鳴數聲，立地而化，眾僧盡皆驚異，方知這位長老道行不凡。但不見濟顛回來，多議論紛紛，盡說長老待他甚厚，濟顛卻將長老待得甚薄，不知是甚緣故。只得合龕子，將長老盛在裏面了。

守候了五七日，並不見濟顛回來，大家等不得，將要抬龕子出殯，只見濟顛一隻腳穿著一隻蒲鞋，一隻手提著草鞋，口裏哩囉哩囉的唱著，不知唱些什麼？從冷泉亭走入寺來。眾僧迎上前說道：「你師父何等待你，今日圓寂了，虧你忍心，竟不來料理。大眾等你不得，今日與師父出殯，專望你來下火，你千萬不要又走了別處去。」濟顛笑道：「師父圓寂，有所不免，有什麼料理用著我？若要我哭，我又不會，今日下火，那師父之命，我自然來的，何消你們空著急。」倒說得眾人沒得開口，那時眾僧鐘鼓喧天，經聲動地，簇擁著龕子，抬到佛國化局松亭下，解下扛索，請濟顛下火，濟顛乃手執火把道，大眾聽著：

師是我祖，我是師孫，著衣吃飯，盡感師恩。

臨行一別，恩斷義絕，火把在手，王法無親。

咦！與君燒卻臭皮囊，換取金剛不壞身。

唸罷，舉火燒著龕子，烈火騰騰，燒得舍利如雨。火光中忽現出遠瞎堂長老，看著濟顛道：「濟顛濟顛，顛雖由你，只不要顛倒了佛門的堂奧！」又對眾人道：「大眾各宜保重。」說完具化清風而去。眾人看得分明，無不驚異。

事畢，各各散去。眾人齊對濟顛道：「如今師父死了，禪門無主，你是師父傳法的徒弟，須要正經些，替師父爭口氣。」濟顛道：「你見我那些兒不正經，要你們這般胡說？」眾僧道：「你是一個和尚，囉哩囉哩的唱山歌是正經麼？」濟顛道：「水聲鳥語，皆有妙音，何況山歌。難道不唱山歌，唸唸經兒就算正經？」眾僧道：「你是個佛家弟子，與猴犬同群，小兒作隊，也是正經麼？」濟顛道：「小兒全天機，狗子有佛性，不同他遊戲，難道伴你們這班袈裟禽獸胡混麼？」眾僧見他說的都是瘋話，便都不開口。單是首座道：「閒話都休說了，但是師父遺命，叫將衣鉢交付與你，你須收去。」濟顛道：「師父衣鉢，我久已收了，這些身外物件，要他有何用？」首座道：「這是師父嚴命，如何違得？你縱不要，也須作個著落。」濟顛道：「既是這等說，且抬將出來看。」首座遂叫侍者將盛衣鉢的箱子籠子，都抬到面前放下。濟顛道：「既是老師父之物，凡在寺中的和尚都有分，須齊集了一同開看，方見公道。」首座道：「這是師父遺命傳與你的，你便收去罷了，何必又炫人耳目？」濟顛道：「你不要管，且叫眾人同看明白，再作道理。」首座只得叫人撞鐘擂鼓，將全寺大眾聚將攏來，濟顛道：「箱籠一齊打開。」叫眾僧同看，只見黃的是金，白的是銀，放光的是珊瑚，吐彩的是美玉，艷麗的是袈裟，溫軟的是衲頭，經兒典兒，是物皆存。鐘兒磬兒，無般不有。眾僧見了一個個眼中都放出火來，只礙著是老師父傳與濟顛的，不好開口來爭，大家都瞪著眼睛，看那首座便對濟顛道：「濟師兄，我有句話兒替你說，你且聽著。」不知首座怎的說來，且聽下回分解。

濟公活佛評述

一、自從現出本來面目後，大眾皆呼我濟顛，我也將這個「顛」字認做本來面目，君可看「顛」字也含真啊！從此顛來顛去，抹藏一些本性，免得落人嫉妒！

二、閒來無事做，冷泉亭上，引些孩兒嬉戲；呼猿洞裏，喚出猿猴翻觔斗，一派天真，其樂無比。

三、施主母親聞得肉香，不覺病好，哈哈！莫非肚裡蛔虫作怪？濟顛酒香、肉香只在養活肚裏蛔虫，非我吃得！強辯！若說酒肉香，吞下三寸成何物？眾生別誤會了，你要吃儘管吃，但不要說是學濟公！

四、只因是「唱山歌，開迷竅；聞肉香，醒肚腸。」施主母親果然病癒，從此濟顛聲名大噪，十六廳朝官皆願與我往來，正是：

胡鬧出名識貴官，瘋狂遊戲酒杯乾；

人間歡樂無煩惱，到處結緣方便餐。

五、長老一言為定，正月半要走了，佛無戲言，只因他不慣遊戲，才會如此認真。安樂堂椅上，長老授衣鉢，還要我下火，真是「留得青山在，那怕沒柴燒！」一把火，燒得師徒情斷；一把火，燒得虱死虫斃。但見舍利如雨，金光片片。人既成灰，留這些頑石啥用？若說可裝做我佛眼珠，為何生前藏在骨頭裏不露？哈哈！老蚌生珠，晚來得子，也是和尚傳宗接代的信物！

《第六回》掃得開霎然便去 放不下依舊再來

卻說那首座對濟顛說道：「濟顛兄！這些衣缽，原是老師父傳與你的，你若收去，就不必說，若是不要，是存在常住（住持）裏公用，還是派勻了，分與眾僧？」濟顛道：「我卻要他何用？常住自有，何消又存。既要送予眾僧，誰耐煩去分他？不如儘他們搶了去，倒還爽快些。」那些眾僧人聽說一個「搶」字，便一齊動手，你搶金子，我搶銀子，打成一團。我拿袈裟，你拿衲頭，攪成一塊。不管誰是師父，誰是徒弟，直搶得爬起跌倒，爭奪箇不成禮統。濟顛哈哈大笑，只見搶得多的和尚，光頭上互相碰出一個個爆栗。那些和尚一時無心理會，只是亂搶，一剎時，搶得精光。濟顛道：「快活！快活！省得遺留在此，作師父的話柄。」又瘋瘋顛顛到處玩耍去了。

話說臨安各寺，有個例頭，凡住持死了，過了數日，首座便要請諸山的僧眾來會湯（聚餐），互為商議，另請長老住持之事。那一日靈隱首座請了各山僧眾照例會湯。提起濟顛行事，那首座道：「這濟顛乃是遠長老得意弟子，任他瘋瘋顛顛，再也不管。今不幸長西歸，這濟顛心無忌憚，一發惛得不成樣子，倘請了新長老來，豈不連合寺的體面都壞了。敢求列位老師勸戒他一番，也是佛門中好事。」眾僧道：「這個使得，快叫人請了他來。」監寺叫人分頭去尋，直尋到飛來峰牌樓下，方見他領許多小兒，在溪中摸鵝卵石頭耍子。侍者叫道：「今日首座請諸山僧眾會湯，到處尋不到你。」濟顛道：「既是會湯，定然是請我吃酒，快去快去。」便別了眾小兒，同侍者一徑走入方丈室來，只見眾僧團團空座著，並無酒肉。濟顛哈哈大笑道：「我看你這和尚是泥塑木雕般坐著，這方丈室竟弄成個子孫堂了。」眾僧正要開口勸他，不道他瘋瘋顛顛的，開口便唐突人，反不好說得。還是首座道：「你且莫瘋，師父死了，你須與師父爭口氣才是。」濟顛道：「若要我與師父爭氣，把你這些不爭氣的和尚都趕了出去方好。」首座道：「眾僧奉佛法，日夕焚修，有何不好，你要趕逐？」濟顛道：「且莫說別事，只你們方才會湯吃酒，怎就不叫我一聲，難道我不是有分的子孫？」首座道：「非是不叫你，今日是寺中的正事，尋了你來，未免發瘋攪亂，豈不誤了我們的正經。」濟顛道：「看你這一般禿驢，只會弄虛文裝假體面做得甚麼正事。長老才死得幾日，就有許多話說，總是與你們冰炭不同爐，我去吧！讓這座叢林，憑你們敗落了罷。」遂走到雲堂中，收拾了包袱，拿了禪杖，與諸山和尚拱一拱手道：「暫別！暫別！」又走到師父骨塔邊，拜了幾拜，道：「弟子且去再來！」拜罷，頭也不回，大踏步走出了靈隱寺。次早，來到西湖上，過了六條橋，見天色已晚，就投淨慈寺，借宿了一宵。

次早，到浙江亭上，乘了江船，取路回臺州。一逕到母舅王安世家來。王家見了是外甥，合家道喜。濟顛先拜見了母舅，又與王全哥嫂都相見了，方才坐下。王安世問道：「你在靈隱寺做了和尚，怎麼身上弄得這般模樣了！」濟顛道：「出家人隨緣度日，好做甚麼？」母舅道：「不知你在寺中，怎麼過日子？」濟顛道：「也不看經唸佛，只是信口做幾句歪詩，騙幾碗酒吃，過得一日，便是一日。」母舅道：「你既要吃酒，何不住在家中。」濟顛道：「家中酒雖好吃，只覺沒禪味。」那母舅見他身上破碎，明日就叫人做了幾件新衣與他，濟顛那裡肯穿，只說舊衣裳穿得自在。惟有叫他吃酒，再不推辭。閒了便到天臺諸寺去遊賞，得意時隨口就做些詩賦玩玩。光陰易過，不覺已過一年，忽一日對母舅道：「我在此耽延已久，想著杭州風景，放他不下，我還是去看看。」母舅道：「你說與本寺僧不合，不如住在家裡罷！」濟顛道，這個使不得，遂即吟四句道：

出家又在家，不如不開花；
一截做兩截，是差是不差。

母舅、舅母，曉得留他不住，只得收拾些盤纏，付與濟顛。濟顛笑道：「出家人隨緣過日子，要錢銀何用？」遂別了母舅、舅母，並王全兄嫂，依舊是一個包裹，一條禪杖，乘了江船。行到浙江亭，上了岸，心裏想道：「我本是靈隱寺出身，若投別寺去，便不像模樣。莫若仍回靈隱去，看這夥禿驢如何待我？」算計定了，一徑走到飛來峰，望著山門走入寺來。早有首座看見，叫道：「濟顛，你來了麼？如今寺中請了昌長老住持甚是利害！不比你舊時的師父，需要小心。」濟顛道：「利害些好，便不怕你們欺侮我。」首座道：「你不犯規，誰欺侮你！」遂同濟顛到方丈室來拜見長老。首座稟道：「此僧乃先住持的徒弟—濟顛，因遊天臺去了，今日才回。」昌長老道：「莫不就是吃酒肉的濟顛麼？」濟顛應道：「正是弟子，昔日果然好吃幾杯兒，如今酒肉都戒了。」昌長老道：「既往不究，如果戒了，可掛名字，收了度牒，去習功課。」濟顛答應了。遂朝夕坐禪唸經，有兩個多月，並不出門。

不期時值殘冬，下起一天大雪來，身上寒冷，走到廚房下來烤火，露出一雙光腿。那負責火工心上看不過，說道：「你師父留下許多衣裳與你，你倒叫眾人搶去。如今這般大雪，還赤著兩雙光腿，卻有誰來照顧你？」濟顛道：「冷倒不怕，只是熬了幾時的不吃酒，真箇苦惱了。」火工見他說得傷心，便道：「你若想吃酒，我倒有一瓶在此，請你吃也不打緊，但是恐怕長老曉得要責罰。」濟顛道：「難得阿哥好意，我躲在灶下暗吃一碗，長老如何得知。」火工見他真個可憐，遂取出酒來倒了與他一碗，濟顛接上手，三兩口便吃完了。讚道：「好酒！好酒！賽過菩提甘露，怎的要再得一碗更好！」火工見他喉急，只得又倒了一碗與他，他咂咂嘴又乾了，只嫌少。火工沒法，只得又倒了一碗，濟顛一連吃了三碗，還想要吃。女工忙將酒瓶藏過說道：「這酒是久窖的，不能多吃，這三碗只怕你還要醉了。如今雪停了，你倒不如瞞著長老，寺外去走走罷。」濟顛道：「說得有理。」遂悄悄走出寺來，剛離得山門幾步，恰撞見飛來峰牌樓下的張公，迎著問道：「聞你已回寺，緣何好久不見？」濟顛跺腳道：「阿公！說不盡的苦！你知道我是散怠慣的，自臺州回來，被長老管束得一步也不許出門。今日天寒，感得火工好意，請我吃三碗酒，這是不夠，故私自出來，尋個主人。」張公道：「不如且到我家去吃三杯，再去尋別的，如何？」濟顛道：「阿公若肯請我，便是主人了，何必再尋？」大家說得笑了一回。走到飛來峰下，那張婆正在門前閒看，看見張公領了濟顛來到，千歡萬喜的道：「和尚如何一向不見？請裏面去坐！」張公道：「閒話慢說，且快去收拾些酒來吃要緊。」張婆道：「有有有！」忙到廚下去燒了兩碗豆腐湯，暖出一壺酒，擺在桌上，叫兒孫倒酒與濟顛吃，張公兩個對酌。濟顛道：「難得你一家都是好心，如何消受？」張婆道：「菜實不堪，酒是自家做的，和尚只管來吃不妨。」濟顛謝了，你一碗，我一碗，大家吃了十五六碗，濟顛曉得有些醉意，叫聲謝了，便要起身。張婆道：「現今長老不許你吃酒，如今這般醉醺醺的回去，倘被長老責罰，連我們也不好看，倒不如在此過夜，待酒醒了再回去罷。」濟顛道：「阿婆說得是！」是夜就在張公家，同他兒子過了一夜。

次早起來，見天色晴了，想一想道：「我回去一毫無事，多時不曾進城，許多朋友都生疏了，今日走去各家望望也好。」遂別了張公，一路往岳墳方向去，忽撞見王太尉要到天竺去，濟顛就走到路心，攔住轎子道：「太尉何往？」太尉看見是濟顛，吩咐停轎，走下來相見了問道：「下官甚是念你！爲何多日不見？」濟顛遂將回天臺之事，細細說了一遍。太尉道：「今日下官有事要往天竺去，不得同你回去，你明日可來我府中走一趟，下官準準在家候你。」濟顛道：「多謝多謝！」太尉依舊乘轎而去。濟顛遂進了錢塘門，一逕往巖橋河下沈提點家來。到了沈家，早有看門的出來，看見是濟顛忙道：「裏面請坐！

我家官人甚想念你，不期他昨日出門，今日尚未回來，請師父坐坐，待我去尋他回來。」濟顛道：「你去尋他，不如我去尋他。」正要轉身，不期長空又飄下幾點雪來，一時詩興發作，遂討筆硯在壁上，題了一首，臨江仙的詞兒：

凜冽彤雲生遠浦，長空碎玉珊珊。梨花滿月泛波瀾。水深鰲背冷，方丈老僧寒。度口行人嗟此境，金山變作銀山。瓊樓玉殿水晶盤。王維稱善畫，下筆也應難。

題完了又想道，這等寒天大雪，他昨夜不歸家，定然在漆器橋，小腳兒王鴇頭家裏歇宿，等我去尋他來。（按：王鴇頭即沈提點之女友）遂離了沈家門口竟往漆器橋來，正是「俯仰人天心不愧，任他酒色又何妨。」畢竟濟顛到王鴇頭家去，又做出甚麼事來，且聽下回分解。

濟公活佛評述

一、長老留下一爛攤子的舊衣服，給我做什麼？衣缽隨身在心庫，眾僧沒有人天耳目，不識真貨在底下，心外求佛奪法物，我也順水人情，將長老留下這些古董廢物，傾囊送給收破爛的師兄弟，看他們搶得頭破血流，貪念還深呢！哈哈！正是：

師法非藏這裡頭，西來心印被俺偷；
布團堆內尋衣缽，撞破腦禿佛血流。

二、師父歸去，我也暫別了靈隱寺，西湖甚是好風光，趁機溜躂一番。回到了舊時家，拜見母舅訴離情。唉！天地有情，人豈無情？只將此情化道情，面對我佛冷冰冰！鐵打心腸，銅做金身，難怪他耐得住海枯石爛，勝過凡間幾十年的肉體俗情！母舅見我破破爛爛，叫人做幾件新衣，喫一些酒，我答道：「家酒無禪味，新衣不爽身。」原來是：

佛酒令神飄蕩欲仙；

衲衣覺輕快不用洗。

三、遠瞎堂長老已去，換得昌長老，也當有一番新氣象，果然我酒肉皆戒，二月不知肉味，倒覺得清淨不少。無奈火工憐我大雪天，光腿腳，故請我喝一碗，只因這一碗，又把酒癮發作，不可收拾（世人切莫學我，不可試，一試便打破酒甕了）！

四、又出寺門，在外結善緣，張公張婆好酒款待，也推脫不掉，亦正合我的口味，雖說出家酒宜戒，為度眾生權借用，且看：「小解便還，一滴不留！」雖醉猶醒，實因佛體能耐，金剛不壞，否則早已病發身亡。眾生無此體魄，莫學這種荒唐行徑！

五、王太尉、沈提點，這些官兒不嫌濟顛，亦喜同濟顛尋酒吟詩，正是：

出家真出家，不被佛祖轄，
家家結善緣，個個識佛家。

《第七回》色不迷情心愈定　酒難醉性道偏醒

卻說濟顛，一直走到小腳兒王鴇頭家來，見一娘子正站在門口，濟顛問道：「娘子，沈提點在你家裏麼？」娘子道：「沈相公昨夜來的，方才起來，去洗浴了。你要會他，可到裏面，去坐一會兒等他。」濟顛道：「既是有來，我便進去等他一等。」遂一直的上了樓，到王鴇頭房裏一看，靜悄悄的，王鴇頭尚未起床，濟顛走到床前，輕輕的揭開了暖帳，見那王鴇頭仰睡著，正昏昏沉沉的夢魘。濟顛在地板上，取起一雙小繡鞋兒來，揭開了棉被，輕輕放在他陰部之上。遂折轉身走下樓來，卻正好碰著沈提點洗浴回來，便叫：「濟公！久不見你，甚是想念，今日卻緣何到此？」濟顛道：「我自天台回來，特到你家問候，說你昨夜不曾回家，我猜定在這裏，故此特來尋你。」沈提點道：

「來得好，且上樓共吃早飯。」此時王鴞頭已經醒了，見陰部下，放著一隻繡鞋，正在那裏究問娘子，見誰上來過？娘子道：「無別人，必是這濟顛和尚！」忽見沈提點，同濟顛走進來，王鴞頭看著濟顛笑道：「好一個出家人，怎嫌疑也不避，這等無禮。」濟顛道：「並非僧家無禮，卻有一段姻緣。」王鴞頭道：「明是胡說，有甚姻緣？」濟顛道：「你在夢中，曾見些甚麼？」王鴞頭道：「我夢見一班惡少年，將我圍住不放。」濟顛道：「後來怎麼了？」王鴞頭道：「我偶將眼一開，就不見了。」濟顛道：「這豈不是一段姻緣？」遂握紙筆寫出一首，臨江仙兒的詞兒來道：

蝶戀花枝應已倦，睡來春夢昏昏。衣衫卸下不隨身。嬌姿生柳祟，
唐突任花神。故把繡鞋遮洞口，莫叫覺後生嗔。非干和尚假溫存。
斷出生死路，了卻是非門。

沈提點聽了大笑：「卻原來是這段姻緣，點醒了你一場春夢，還不快將酒

來酬謝濟顛美意。」正說間，娘子托了三碗點凍酒來，每人一碗，濟顛吃了道：「酒倒好，只是一碗不濟事。」王鴉頭道：「這一碗我不吃，索性你吃了罷。」濟顛拿起來又吃了。娘子又搬上飯來，三個人同吃了，濟顛叫一聲，多謝多謝就要別去，沈提點道：「有空時，千萬要到我家來走，我有好酒請你。」說罷別了。

濟顛想著王太尉約我今日去，且去走一遭，就一逕從清河坊走來，行到昇陽館酒樓前，忽見對面一個豆腐酒店，吃酒的人，甚是熱鬧。又見天上又將飄雪花下來。因想道：「我方才只吃得兩碗酒，當得甚事，不如在這店中，買幾碗吃了再去。」遂走進店中，撿一個座頭坐下。酒保來問道：「師父吃多少？」濟顛道：「隨便拿來，我且胡亂喫些。」酒保擺上四碟小菜，一盤豆腐，一壺酒，一副碗筷。濟顛也不問好歹，倒起來便吃。須臾之間，吃完了一壺。覺得又香又甜，酒保再拿一壺來，又吃完了，再叫去拿。酒保道：「我家的酒味道雖好，酒性甚濃，憑你好量，也只可吃兩壺，再多就要醉了。」濟顛道：「吃酒不圖醉，吃他做甚？不要他，快去取來。」酒保拗他不過，只得一瓶一瓶，又送了兩壺進來，濟顛盡興吃完，立起身要回去，怎奈身邊實無半文，一隻眼睛只望著門前，等個施主，等了半日，並沒個相識的走過，酒保又來催會鈔，濟顛沒法，只得說道：「我不曾帶錢來，容我暫賒再送來罷。」酒保道：「這和尚好沒道理，吃酒時一瓶不罷，兩瓶不休，遲了些就發言語，要會起鈔來，就放出賒的屁來！」濟顛道：「我是靈隱寺的僧人，認得我的人多，略等一等，少不得有人來代我還你。你再不放心，便隨我去取錢何如？」酒保道：「我店中生意忙，那有許多功夫？到不如爽直些，脫下這破長袍來當了，省些口舌。」濟顛道：「我是落湯餛飩，只有這片皮包著，如何脫得下來？」兩人正在門口拖扯，不期，對門昇陽館樓上，早有一個官人看見，便叫跟隨的道：「你去看那酒保扯住的和尚，好似濟公，可請了他來。」那跟隨的忙到對門一看，果是濟顛，忙道：「官人請你。」濟顛見有人請，才定了心對酒保道：「如何？我說認得我的人多，自有人來替我還錢，快隨我來。」酒保無奈，同到對門樓上來，一看不是別人，卻是沈提點的兄弟—沈五官，同著沈提點兩個。濟顛道：「你們在此吃得快活，我卻被酒保逼得好苦。若再遲些，我這片黃皮，已被他剝去了。」兩個聽了，都大笑起來。沈五官吩咐家人，付錢打發了酒保。濟顛道：「多謝哥哥，替我解了這結。」沈五官道：「雪天無事，到此賞玩，正苦沒人陪吃，你來得恰好，可放出量來痛飲一回。」濟顛道：「酒倒要吃，只因被他拖扯了番，這一回覺得沒興趣，我且做詩解嘲。」遂信口吟道：

見酒垂涎便去吞，何曾想到沒分文；
若非撞見龐居士，扯去拖來怎脫身？

二人聽了大笑道：「解嘲得甚妙，但不知此時，還想酒吃麼？」濟顛道：「這樣天寒，怎不想吃。」又朗吟四句道：

非余苦苦好黃湯，無奈篩來觸鼻香；
若不百川作鯨吸，如何潤得此枯腸。

沈五官道：「你說鯨吞百川，皆是大話；及到吃酒時，也只平常。」濟顛道：「這是古人限定的，貧僧如何敢多飲？」又朗吟四句道：

曾聞昔日李青蓮，斗酒完時詩百篇；
貧僧方吟兩三首，如何敢在酒家眠？

兩人聽了又大笑道：「這等算起酒來，量倒被做詩拘束小了。我們如今不要你做詩，只是吃酒，不知你還吃得多少？」濟顛道：「吃酒有甚麼底止！」又吟四句道：

從來酒量無人管，好似窮坑填不滿；
若同畢桌臥缸邊，一碗一碗復一碗。

沈五官見濟顛有些醉意，私下同沈提點算計道：「這和尚酒是性命了，不知他色上如何？今日我們也試他一試看。」便叫值班的，去喚了三個姑娘來陪酒，每人身邊坐一個。沈五官道：「濟公！我見你雖吃酒，又做詩，總是孤身冷靜。今特請這位小娘子來陪你，你道好麼？」濟顛連道：「好好好！」遂又朗吟四句道：

不是貪杯併宿娼，風流和尚豈尋常；
袈裟本是梅檀氣，今日新沾蘭麝香。

沈五官見濟顛同妓女坐著，全無厭惡之心。因戲對濟顛道：「這裏是酒樓，不比人家。濟顛便同這位娘子，房裏去樂一樂也無妨。」沈提點又慫恿道：「濟公既勇於詩酒，又何怯於此？」濟顛笑一笑說道：「我是肯了，只怕還有不肯的在。」又朗吟四句道：

燕語鶯聲非不妍，柳腰花貌實堪憐；
幾回欲逐偷香蝶，怎奈我心似鐵堅。

沈五官道：「好佳作！濟師雖是如此，陰陽交媾，是人生不免的，出家人也該嚐一嚐滋味。」濟顛也不復辯，又朗吟四句道：

昔我爹娘作此態，生我這個臭皮袋；
我心不比父母心，除卻黃湯總不愛。

濟顛吟罷，大家歡笑，叫人重湯熱酒，說說笑笑，直吃到天晚，方才起身。沈提點先回去了。沈五官打發陪酒的，對濟顛道：「今日晚了，你回寺不及，我同你到一個好處宿罷。」此時濟顛醉了，糊塗答應。沈五官叫從人扶著他，一逕到新街上，劉鴇頭家來。虔婆見著沈五官，十分歡喜，又問道：「官人如何帶著醉和尚來？」沈五官道：「晚了回寺不及，故同來借宿，你若不嫌他是和尚，便叫別人陪他好了。」虔婆笑道：「這個何妨。」便喚出兩個姑娘來相見，並安排酒肴。沈五官道：「我們已醉，不消得了。」虔婆吩咐大姐同濟顛去睡，二姐陪五官去睡不題。

卻說大姐見濟顛醉了，閉目合眼，坐在堂中椅子上不動。只得上前笑嘻嘻的叫道：「醉和尚！快到房中去睡了罷！」濟顛只是糊糊塗塗的，大姐叫了半晌不動，只得用手去攙扶起來，慢慢的扶入房中去，濟顛仍然不醒，大姐設法，只得又將他扶到床上去。濟顛也坐不定，身連衣睡倒，大姐見他醉倒不堪，遂扯他起來，替他解帶子、脫衣裳，推來扯去，不一時早把濟顛的酒弄醒了，睜開眼來，見是一個妓女在身邊，替他脫衣服，叫一聲：「阿吓！這是那裏？」大姐笑道：「這是我的臥房。是沈五官送你來的，你醉了叫我費這許多力氣，快快脫了，好同睡！」濟顛著了急道：「罪過罪過！」慌慌的立起身來，開了房門，往外就走，大姐受了個沒趣，只得自去睡了。那濟顛走出房門，聽一聽外面才打二更，欲要開門走出，恐被巡更的誤爲小偷而被捉住，忽看見春檯旁邊，有個大火箱，伸手摸一摸，餘火未燼，還有些暖氣，便爬了上去，放倒頭睡了。到了五更後，聽見朝天鐘響，忙爬起來，推窗一看，月落星稀，東方早已發白；想起夜來之事，不禁大笑，看見桌上有現成紙筆，遂題一絕道：

床上風流床上緣，為何苦得口頭禪；
昨宵戲就君圈套，白給虔婆五貫錢。

題畢舉眼看見，桌上還放著昨夜取進來未曾吃的一壺酒，就移到面前，聞一聞馨香觸鼻，早打動了他的酒興，也不怕冷，竟對著壺嘴，一吸一吸的，吃個乾淨，自覺好笑，又題一絕道：

從來諸事不相關，獨有香醪真個貪；
清早若無三碗酒，怎禁門外朔風寒。

濟顛題畢，遂拽開大門，一逕去了。虔婆聽得門響，急得忙起來到內堂一看，只見檯上一壺酒，只剩了空壺；惟留下一幅字紙不知何故，走到房裏去看，和尚也不見，大姐獨自個睡著，尚不曾醒，虔婆叫醒了，問他夜來之事，大姐道：「那和尚醉得不堪，故我將錯就錯，替他脫衣裳，勾引他上床，誰想他醒了，竟跑出房去，倒叫我羞答答的不好開口，不知他後來，便怎混過這一夜。」話正說完，沈五官也起身，同了二姐來看濟顛，問知這些緣故，又看了所題二首，嘖嘖的讚道：「德行好！此方不枉做了出家人，怪不得十六廳朝官，多敬重他，真個是：『道高龍虎伏，德重鬼神欽。』沈五官亦辭別出門，不知後事如何？且聽下回分解。

濟公活佛評述

一、王鴇頭家中，開個妓女院，濟顛亦到此地尋花問柳乎？出家人為度沉迷，故不避嫌，現嫖客身，逛花園，找道根！（因有不少道根栽在風花園裡，不入虎穴焉得虎子！那些自鳴清高者，不去屠場救屠夫，卻往官府拍馬屁，真是度個屁兒！）

二、取個繡鞋，置在王鴇頭陰部上，這太唐突！哈哈！出家人手妄動，想非禮？非也！非也！這塊臭皮肉，害死多少人？我今以繡鞋遮去是非門，斷絕生死路，莫叫她陰溝翻船，淹沒無數菩提種子！

三、大醉需酒三千瓶，小僧卻未帶分文，喝酒不必付錢，正個白吃白喝，喝得施主高興，喝得施主爽快！這也要顛僧有本領！當今世上僧家到府上化個半緣，施主便嘀嘀咕咕，不甘願！這都是平日少來結善緣，如今要錢，才看到這些陌僧（生）面，難怪你們不值錢！」

四、沈五官、沈提點，酒樓喝酒吟詩，興致勃勃，齊道：「濟顛酒量是夠了，想試試他色行如何？」故招妓前來陪酒，真個不像樣？又到了劉鴞頭家來，施主們特安排了濟顛一餐美色，濟公卻道：「色即是空，空即是色，色香不若酒香，美色不飽，色後更餓，不可不可！」果然「色迷禪心定，酒醉性偏醒。」未落人話柄，污了佛門根基，留此真種，續佛慧命吧！正是：

色裡回魂還真我，酒中醒覺佛吹風；
顛顛倒倒逍遙相，正正端端證大雄。

《第八回》施綾絹乞兒受恩 化鹽菜濟公被逐

卻說濟顛，在劉鴇頭家住了一夜，不像模樣，故起個早，踏著凍，走出了清波門。思量身上又寒，肚裏又飢，不若到王太尉家去，討頓早飯吃了再算計。遂一逕往萬松嶺，一路走來。打從陳太尉府前走過，那門公見了，就邀住了，說：「師父那裏去了？我家老爺甚是想你，且進來坐坐！」慌忙進去通報了。太尉走出廳上，請濟顛相見，濟顛忙上前問訊。太尉道：「如何久不相見？」濟顛道：「自從遠先師西歸，受不過眾和尚的氣，回天臺去了年餘。回來，就想來探望太尉，又被新長老拘束得緊。三日前，承火工的好意，私下與我吃了三碗酒，吃得興動，故此瞞了長老，私自出來了兩日，今日就來看看太尉。」太尉道：「你空心出來，必定肚餓了，叫取湯來。」濟顛道：「貧僧湯倒不吃。」太尉笑道：「不要吃湯，想是要吃酒了。」遂叫值班的，準備了許多酒餚端出來。濟顛也不客氣，遂大口大嚼，一連吃了十五六碗酒道：「夠了，夠了！且別太尉，我要回寺去。」太尉道：「你腹中雖然飽了，我看你身上穿的這件長袍，又赤條條的露著兩隻光腿，豈不怕冷？」濟顛道：「冷是冷，但這個臭皮袋，沒甚要緊，且自由他。」太尉道：「你雖然如此說，我倒替你看不過，我今送你一疋綾子，一個官絹，一兩銀子，做裁縫錢，你去做件衣服穿穿。」濟顛道：「一個窮和尚穿著綾絹衣服，甚不相宜，但太尉的一番好意，不好退，只得領受了。」太尉叫人取出來，付與濟顛。濟顛道：「貧僧受了太尉這等厚愛，何以報答？也罷！府上明年上冬，有一場大災，我替你消了罷！」並向太尉討出一個香盒並紙筆來，在紙上不知寫些甚麼，放入盒內，封蓋好了，親自付與太尉道：「可將此盒供在佛座之前，倘明年有災時，可開來看，照字而行，包管平安。」此時太尉也還似信不信，不期到了明年上冬，太尉忽染一個發背，大如茶甌，痛不可忍，百醫不效，忽想起濟顛封的香盒來，忙取出開看，卻正是一個醫背藥方。那太尉如法醫治，便立見功效，方知濟顛是個神僧，此是後話不題。

卻說濟顛得了綾絹銀兩，拜別了太尉，出門正要回寺，才走下萬松嶺，看見五六個乞兒，凍倒在那裏，號寒泣冷，濟顛甚是不忍道：「苦惱了！苦惱了！人都怕我身上寒冷，誰知又有寒冷過我的？可憐可憐！」遂走近前問道：「你們凍倒在此，可要人周濟麼？」眾乞兒聽見周濟二字，都拚命爬起來，看時，卻是個窮和尚，身上襤襤褸褸，同我們可差不多的人兒，嘆了一口氣，又都睡倒。濟顛道：「我問你們要周濟不要，怎的看我一看，不吭一聲，又睏倒了？」眾乞兒道：「我們飢寒如此，怎不望人周濟？我看你這和尚，窮得與我們也差不多，說甚麼大話！」濟顛道：「難怪你們凍得這般樣兒，原來一味的欺人。我雖是個窮和尚，卻有那財主的貨物在此。」遂向懷中，取出綾子官絹，袖子裏摸出一兩銀子，拿在手中道：「這不是嗎？」眾乞兒見了，眼睛都亮了起來，便都不怕寒冷，一夥爬起了，圍著濟顛道：「老師父！你身上單薄薄的，難道不留些自己做衣穿，都捨與我們嗎？」濟顛道：「我若自要做衣穿，又叫你們做甚麼？但是這綾絹，你們不合用，可拿到城裡市上去換些布匹，分勻了做衣裳方好。」說罷，將綾絹銀兩，一齊付與眾乞兒，自己逕回靈隱寺去了。眾乞兒歡歡喜喜，俱道是活佛出現，救度眾生，急忙入城去換布不題。

卻說那濟顛回寺，剛進得山門，就看見了首座問道：「你連日不見，長老甚是查問，你卻在何處？」濟顛道：「我被長老拘束得苦了，熬不過，故走出寺去遊玩。不瞞你說，我連日在昇陽館吃酒，新街里宿娼。」首座大怒道：「罷了罷了！一個和尚，喫酒已是犯戒，怎麼又去宿娼？快到方丈室去，與長老說個明白，省得後來連累我！」就一把把濟顛拖進方丈室來，稟上長老道：「濟顛不守禪規，私自逃出寺去，飲酒宿娼，理當責懲！」長老問濟顛道：「你果有此事麼？」濟顛道：「不過一時遊戲，怎的沒有？」長老道：「別事可遊戲，宿娼如何也遊戲得！」命侍者打他二十板，侍者領命，將濟顛拖翻在地，脫去長袍，不期濟顛不穿褲子，將身子一扭，早露出前面那個東西來，引得眾僧掩口而笑。長老看見，遂即問首座道：「這廝出家弟子，怎如此無禮，一些規矩也不知？」首座道：「這都是遠先師護短，道他瘋顛，縱容慣了，因此一味放肆。」長老道：「他既瘋顛，打他亦無益，且放他起來，饒他去罷！」濟顛得放，跳起身來，走出方丈室，哈哈大笑道：「你們這般惡禿頭，拖我去見長老，指望長老打我。長老有情，卻是不打我，只覺拖得沒趣！你若是個好漢，須替我跌三跤。」眾僧道：「你是個瘋子，誰來保你！」濟顛道：「你這般賊牛，只會說亂嘴，今卻又怕我！」自此一發瘋瘋顛顛，在寺擾亂。

眾寺僧都紛紛約來，與長老算計，要逐他出寺。長老道：「他雖瘋顛，卻是先師傳缽的徒弟，怎好無端逐他。」監寺道：「我有一計，使他自己安身不得，如何？」長老問：「甚麼計策？」監寺道：「先年寺中原有個鹽菜化主，每日化緣來供給公用，因這個職事，最難料理，無人能承當，故此廢了。長老何不委他做一個化主，叫他日日去化緣，他若化不來，自然怕羞，沒嘴臉回寺了。」長老道：「此計甚妙，只恐他不肯承當。」監寺道：「這個不難，他最貪酒，只消請他吃個快活，再無不承當之理。」長老遂請眾僧備酒，一面叫侍者尋了道濟來，濟顛走入方丈室，見了長老。長老道：「眾僧買酒在此請你」。濟顛道：「眾僧與我都是冤家，今日爲何肯發此菩提心請我？必有緣故，求長老說明其因，我才好吃。」長老道：「我初到此住持，不曉得前邊的事體，眾僧俱說先年寺中原有個鹽菜化主，化緣來供給，近來無人，故此常住淡薄。今欲仍舊立一化主，十方去化緣，要你寫一疏文，因此買酒請你。」濟顛道：「這個不難，樂得吃的，吃得快活，文章做得快當。」長老道：「既是請你，自然儘你吃！」遂令行童取出酒食，擺在他面前，放下一隻大碗，濟顛大笑道：「每日瞞著長老，只覺得不暢，今日長老請我吃得快活！」拿起碗來，一上手吃了二三十碗，還不肯住手。長老道：「酒雖吃，疏文也要做，休得醉了誤事。」濟顛道：「不難，不難！快取筆硯來，待我做了再吃罷！」侍者即擺上文房四寶，推開冊子，濃濃磨起墨來，濟顛也不思索，提起筆來寫道：

伏以世人所急，最是飢寒；性命相關，無非衣食。有一絲掛體，尚可經年；無數粒充腸，難挨半日。若無施主慈悲，五臟廟便東塌西倒。倘乏檀越慷慨，方寸地必吞飢忍餓。持齋淡薄，但求些鹹味嚐嚐；唸佛飢腸，只望些酸菜吃吃。欲休難忍，要買無錢。用是敬持短疏，遍叩高門；不求施捨衣糧，但只化些鹹菜。若肯隨緣，雖黃葉亦是菩提；倘能喜捨，縱苦水莫非甘露。莫道有限蘿蔬，不成善果；要知無邊海水，盡是福田。若念和尚苦惱子，早發宰官歡喜心。總算來一日三十貫財，供入常住；遠看去終須有無量福，遍滿十方。非是妄言，須當著力！謹疏。

濟顛寫完呈上，長老看了，喝采道：「妙文妙文！」叫行童再取酒來倒，濟顛心下快活，又吃了十來碗。

正在高興當兒，長老道：「你這疏文，實是做得有些奧妙。今一客不煩二主，更請你做個化主罷！」濟顛道：「我是瘋子，如何做得化主？」監寺接口道：「濟師兄，長老托你，你卻休要推辭，你認得十六廳朝官，十八行財主，莫說一日八貫，便是八十貫，也化得出來。」濟顛道：「我認得朝官財主，原只好騙他些酒吃吃，如何化得動銀錢？」長老道：「你且胡亂化半年三個月，我再著人代你罷！」濟顛此時已吃得醺醺然，便道：「我吃了你們的酒，料推不過，就做個化主罷！」長老大喜，便叫起點香花燈燭，鋪下紅毯，請濟顛受長老三拜。濟顛取了化緣冊，走出方丈室，暗暗道：「此番舉動，明明是做成圈套，想逐我出寺，不如取了度牒，往別處去罷！」遂回方丈室，稟上長老道：「既做化主，不免要各處去化，若無度牒，人知道我是個野和尚，誰肯施捨？」長老道：「這也想得是。」即令監寺取出度牒，交與濟顛，濟顛都收了，見天色已晚，遂到神堂裏去睡了一夜。正是：

朝夕焚修求佛度，佛在當面識不破；
非是禪心荊棘多，總為貪嗔生嫉妒。

畢竟不知濟顛明日出寺，端的如何？且聽下回分解。

濟公活佛評述

一、陳太尉見肚飽衣冷，特送我幾匹綾絹，一兩銀子。錢財身外物，越少越好（身內物則越多越好，難怪好酒海量裝，不過，這僅補充水份而已。當時沒有可口可樂或黑松汽水的關係，否則老僧也不會被看成酒和尚了！）。只因還有些小濟公（小乞兒）需要我幫助，故也借花獻佛，將陳太尉的贈物收了下來。

二、回寺後，我自招道：「連連在昇陽樓吃酒，新街宿娼！」群僧驚動，且要長老鞭打，不意我又露出本來面目，卻是「清淨一根」，氣得他們六根震動，頭昏腦漲，無明火發。為了考考他們，佯狂裝瘋，搞得群僧激盪，忘了如如不動的寶訓，須悟世事與我何干？

正是：

古來寺廟是非多，滿腹人非忘彌陀；

道短說長腐爛舌，豈知海靜自無波。

三、不知道濟是真佛種，搞得佛地生魔，害群僧們坐立不安，想個計兒逐我，叫我做「鹽菜化主」，好替他們化鹽菜、充肚皮，我一時也昏了，一口答應，不過先得酒吃，才寫個疏文好眾生發善心。說穿了，還不是想叫人送點米菜銀錢，打動眾生的吝心！若說騙吃騙喝，實不好聽，且道化緣供養僧人，好為施主造功造德，倒也皆大歡喜，各樂各的！

四、要化緣，且得出寺去。出寺找飯吃？非也，藉此糊口度眾生！群僧逐我，大計已成，我也喜得順理成章，可以大大方方走出寺去，兩皆歡喜！

《第九回》 不甘欺侮入淨慈 喜發慈悲造藏殿

却說濟顛過了一夜，到了次日，走出山門，一路裏尋思道：「這夥禿驢合成圈套，逐我出寺門，我想勉強住在這裏，也無甚風光。那淨慈寺德輝長老，平素與我契合，若去投他，必然留我。」定了主意，遂一逕往淨慈寺來。入見長老問訊，長老便問：「濟公何來？」濟顛道：「弟子的苦一時說不盡，那靈隱寺眾和尚，與弟子不合，都想要逐我出來，昨日將我灌醉了，要我做鹽菜化主。弟子一時失口應承，我今日無面目再回寺去，只得來投長老，望長老慈悲留我。」長老道：「留是怎不留你，但你是靈隱寺的子孫，未曾講明，昌長老面上恐不好看，待我明日寫一柬去勸他，他若有甚意見，那時留你，便兩家都沒話說了。」濟顛道：「我師見解極是！」當晚濟顛就留在方丈室中暫時歇下。

次早寫了一封書，差一個傳使送到靈隱寺，面見昌長老呈上。昌長老拆開一看，只見上寫道：

南屏山淨慈寺住持弟丘德輝稽首，師兄昌公法座前：即今新篁漸長，綠樹成蔭，恭惟道體安亨，禪規倍增清福，不勝慶幸！茲啟者：散僧道濟，昨到敝寺，言蒙師慈差作鹽菜化主，醉時應允，醒卻難行，避於側室，無面回還，特奉簡板，伏望慈念，此僧素多酒症，時發顛狂，收回前命，責其後修，倘覷薄面，恕其愚蒙，明日自當送上。

昌長老大怒道：「道濟既自無能，怎敢受我三拜？這等無禮，我寺裏決不用他！」就在簡板後批著八個字道：

似此顛僧，無勞送至。

遂將原書付與傳使帶回，稟知長老，長老大怒道：「這畜生可惡！我又不屬你管，怎這等無禮，他既如此拒絕，我當收你在此。只要與我爭氣，就陞你做個書記僧，一切榜文、疏文均要你做。」濟顛一一應承，謝了長老。長老自去選佛場坐禪唸經，相安無事。

過了月餘，濟顛忽一日步出山門，信腳走到長橋底下，只見賣麵果的王公，在門前擂豆，抬頭看見了濟顛，叫聲：「濟公，爲何多時不見？」濟顛道：「說來話長，如今卻喜得被靈隱寺趕到淨慈寺來，與你是鄰舍了。」王公道：「門前卻好，我此時買賣，做也沒甚事，同你下盤棋耍耍何如？」濟顛道：「使得使得，贏了你將一盤麵果兒請我，我輸了，我頭上讓你鑿一個爆栗何如？」王公大笑道：「好就好！」就拿出條凳子來，放在門前，取出棋子，一連下了五六盤，濟顛卻輸了一盤。王公道：「出家人怎好鑿你的爆栗，只與我寫一面招牌罷！」濟顛道：「不是詐你，我無酒吃，寫得不好。」王公道：「要吃酒不打緊。」就叫對門家酒店裏，燙將酒來，濟顛一動手，便是十五六碗，才問道：「你要寫甚招牌？」王公拿出一副紙來道：「就是賣麵果兒的。」濟顛提起筆來，寫下十個大字道：

王家清油細，豆大麵果兒。

王公自貼了這個招牌，生意日興一日，後事不提。卻說濟顛別了王公，趁著酒興，一逕走到萬松嶺來望毛太尉，毛太尉接見問道：「為何許久不來？」濟顛道：「一言難盡，被靈隱寺逐出，今在淨慈寺做了書記，終日忙碌，故不得工夫來看太尉。」太尉道：「今日天色熱，閒是無聊，你來恰好，且同你到竹園中乘涼吃酒去」。濟顛道：「蒙太尉盛情，濟顛也不敢推辭。」毛太尉聽了笑將起來。兩人到了竹園，風景稱心，你一杯，我一杯，直吃到日暮方罷。毛太尉就留濟顛在府中住了，一連盤桓了六七日，濟顛方辭了毛太尉，又去望陳太尉。太尉接了進去相見道：「聞你在毛太尉家，正怪你不來，今既來了，也要留你五七日，才放你去。」濟顛笑道：「只要有酒吃，便住一年又何妨？」太尉道：「別的還少，酒是只怕你吃不盡。」二人說說笑笑，早已排上酒來二人對吃，直到醉了方歇，醒了又吃，略纏纏就是三四日。濟顛猛想起道：「長老把我當個人看待，我私自出來了這十餘日，他心上豈不嗔怪！」遂苦苦辭了陳太尉，急急回寺。

剛剛到長橋邊，早遇著寺裏的火工來尋，埋怨道：「你那裏去了這半月？把長老十分苦惱，累我們那裏都找不到，快去見長老，省得他心焦！」濟顛聽了，急急走入方丈室，跪在長老面前道：「弟子放蕩幾日了，誠然有罪，望我師慈悲饒恕。」長老道：「我怎樣囑咐你，你爲何一些兒也不改前非？且說你這幾日在於何處，莫非又涉邪淫？」濟顛道：「弟子怎敢復墮前愆，只因多時不曾出門，把相識多疏了。故到萬松嶺，蒙毛太尉好情，留住了六七日，又承陳太尉美意，又留住四五日，故此耽擱了。」長老道：「胡說，他們是朝廷顯官，你怎能與他往來，既這般敬重你，前日檀板頭叫你做鹽菜化主，你何又辭他做不得？」濟顛道：「鹽菜化主有甚做不得？只是不服氣化來與這夥禿驢吃！若像長老這等相愛，休說鹽菜，一日便要十個豬，也化得到！」長老道：「你且休要誇口，我這寺中原有個壽山福海藏殿，如今倒壞了。若得三千貫錢，便能起造，你能化麼？」濟顛道：「不是弟子誇口說，若三千貫，只消三日便完，但是須要請我一醉！」長老大笑道：「你既有本事三日內化出三千貫錢，理該請你！」即命監寺去備辦酒食，長老親陪濟顛吃酒，這濟顛一碗不罷，二碗不休，直吃得大醉。長老道：「今日該開緣簿，但你醉了，明日寫罷！」濟顛道：「師父不知弟子與李太白一般，酒越多文越好。」遂叫行童取過筆硯，並化緣簿來，磨得墨濃提起筆來，一揮而就：

伏以佛日永輝，法輪常轉。雖道永輝，中天者，有時而暫息；賴常轉故，依地者，無舊不重新。竊見南屏山淨慈寺，承東土之禪宗，得西湖之靈秀，從來殿閣軒昂，增巍峨氣象，況是門牆高峻，啟輪奐風光。近因藏殿傾頹，無處存壽山福海，是以空門寥落，全不見財主貴人。因思法輪不轉，食輪怎得流通？倘能佛日生輝，僧日自然好度。弘茲願力，仰仗慈悲。施恩須是大聖人，計工必得三千貫。捨得喜歡，人天踴躍；成之容易，今古仰瞻。有靈在上，感必通能；無漏隨身，施還自受。莫道非誠，此心可信；休言是誑，我佛證盟。

募緣化主書記僧——道濟謹疏。

濟顛寫完，長老見句句皆有禪機，不勝大喜，又叫侍者倒酒與他吃，濟顛吃得大醉，方去睡了。

次早起來，就到方丈室中來見長老道：「弟子今日出門去化緣，包管三日內化完，我師須要寬心，不可聽旁人的閒話。」長老道：「此乃佛門的善事，只要你誠心去化緣，便寬限幾日也不妨。」濟顛道：「不妨不妨，只要三日。」竟拿了緣簿走出了寺門，一逕投萬松嶺毛太尉府中來。毛太尉道：「濟公爲何來得這麼早？」濟顛道：「因有一心事睡不著，故起早來求太尉。」太尉道：「你有甚麼事求我，卻起身甚早來？」濟顛道：「敝寺向來原有一壽山福海的藏殿，不意年久傾頹，今長老發心重造，委我募化三千貫錢，想我是個瘋顛和尚，那裏去化？故特來求太尉，遂將緣簿呈上。」太尉道：「我雖是個朝官，那裏有三千貫閒錢做布施，你既來化，我只好隨多少助你幾十貫罷！」濟顛道：「幾十貫成不得事，望太尉一力完成。」太尉道：「既你此說，且稍緩一兩個月待下官湊集。」濟顛道：「長老限我三日內便要，怎緩得一兩個月的話？」太尉見逼緊就笑將起來道：「你真是個瘋子，三千貫錢如何一時便有？」濟顛道：「怎說沒有？太尉只收了緣簿，包你就有。」遂將緣簿丟在桌上翻身便走。太尉忙叫人趕上，將緣簿交還他，濟顛接了，又丟在廳上地下道：「又不要你的了，怎這等慳吝？」說完，竟一直走去了。太尉拾起緣簿，再叫人追趕，已不知去向矣。太尉吩咐門上，今後休放濟顛瘋子進來，省得纏擾。不知濟顛怎化得三千貫錢來，且聽下回分解。

濟公活佛評述

一、此處不留人，自有留人處。鬱鬱黃花無非般若，青青翠竹皆是佛性。靈隱寺僧既然設計逐我出寺，換個環境，也是好事。我佛在心，豈住佛寺？故遊山玩水，一逕往「淨慈寺」來，德輝長老有福了！

二、出家閒性慣了，悟不了什麼大道。德輝長老因我到來，且又溜出去喝得醉爛，惹得他煩惱叢生，哈哈！正是：

煩惱即菩提，學生出考題；
老師添慧智，佛性無高低。

三、靈隱寺的鹽菜化主做不成，原來是淨慈寺的「壽山福海藏殿」要我募建，故寫了一道募緣疏文，文情並茂，感動了善男信女。狂言三千貫三日募成，喜得為師熱酒相贈。讀此疏文，即知是一篇禪機妙訓，世人不可走馬看花，一眼溜過，且多讀幾次，且看花在微笑時的真容。

四、想化毛太尉三千貫錢，三日為限，害太尉著急了，錢從那裡來？世人啊！為善不要說無錢，一旦病時用萬千，此時，怎不說無錢？無錢命休了。此事只待毛太尉轉手，不勞分文，誠心一片就夠了！

《第十回》顯神通太后施錢　轉輪迴蝦蟆下火

話說濟顛將化緣簿丟與毛太尉，竟自回寺，首座問道：「你出去了半晌，化得些什麼？」濟顛道：「多已化了，後日皆可完帳。」首座道：「今日一文也無，後日那能盡有？」濟顛道：「我自去化，不要你憂。」說罷，竟往禪堂裏去了。首座說與長老聽，長老也半信不信。到了次日，眾僧又來說道：「濟顛自立了三日限，今日第二日了，也不去化緣，一定是說謊騙酒吃。」長老道：「濟顛雖瘋顛，論理也不好騙我，且到明日再看。」

不期到了第三日，毛太尉入朝見駕，見一個內侍尋著他道：「娘娘召你！」毛太尉忙跟了內侍到宮來說：「叩見太后。」太后道：「昨夜三更時分，夢見一位金身羅漢，對我說道，西湖淨慈寺有一座壽山福海藏殿，近來崩塌，要來化我三千貫錢修造，他說緣簿現在毛卿處，我醒來，甚是奇異；故召汝來問，不知果有此事否？」太尉聽了驚倒在地，暗想濟公原來不是凡人，遂奏道：「兩日前果有淨慈寺書記僧道濟，拿一化緣簿，要臣子替他化三千貫錢，臣子一時拿不出故回了他，不道他顯神通來向娘娘化緣。」太后問道：「這和尚平日可有甚好處？」太尉道：「平日並不見有甚好處，但只是瘋瘋顛顛要吃酒。」太后道：「真人不露相，這定然是個高僧，他既來化緣，我寶庫中有脂粉錢三千貫，可捨與他去修造，但此金身羅漢，不可當面錯過，你可傳旨備駕，待我親至淨慈寺行香，去認他一認。」太尉領了懿旨，一面在寶庫中支出三千貫錢來，叫人押著，點齊嬪妃彩女，請娘娘上了鑾駕，自騎馬跟在後面，竟往淨慈寺來。

這日濟顛卻坐在灶前捉虱，首座看此光景不像，因來問道：「你化的施主如何了？」濟顛道：「即刻就到。」首座笑著去了，又過了半晌，早有門公飛跑的進來報道：「外面有黃門使來，說太后娘娘到寺行香，鑾駕已在半路了！」

眾僧慌了手腳，長老急急披上袈裟，帶上毗盧帽，領著合寺僧人，出了殿門跪接，恰好鳳輦已到了，迎入大殿。太后先拈了香，然後坐下。長老引眾僧恭見畢，太后開口道：「我昨夜三更時分，夢見一位金身羅漢，要化三千貫錢修造藏殿，我夢中也親口許了，今日特送來，命住持僧點收了。」長老忙同眾僧一齊叩謝布施。太后道：「我此來，雖爲布施，實欲認認這尊羅漢。」長老又跪奏道：「貧僧合寺雖有五百僧眾，卻盡是凡夫披剃，不敢妄稱羅漢，炫惑娘娘。」太后道：「羅漢臨凡，安肯露相？你可將五百眾僧聚集來與我看，我自認得。」長老領旨，命眾僧執著香爐，繞殿唸佛，一個個都要從太后面前走過，此時濟顛亦夾在眾僧內，剛走到太后面前，太后早已看見，指著說道：「夢見的羅漢，正是此僧，但夢中紫磨金色，甚是莊嚴，今日爲何作此瘋相？」濟顛道：「貧僧是個瘋顛的窮和尚，並非羅漢，娘娘不要錯認了。」太后道：「你在塵世混俗和光，自然不肯承認，這也罷了。但你化了我三千貫錢，卻將何以報我？」濟顛道：「貧僧是一個窮和尚，只會打觔斗，別無甚麼報答娘娘，只望娘娘也學貧僧打一個觔斗轉轉罷！」一面說，一面就頭向地，雙腳朝天，一個觔斗，翻轉來，因未穿褲子，竟將前面的東西都露出來，眾嬪妃宮女見了，盡皆掩口而笑，近侍內臣見他無禮，都趕出佛殿來，要將他捉住。不料他一路觔斗，早已不知打到那裡去了。長老與眾僧，膽都嚇破了，忙跪下奏道：「此僧素有瘋顛之疾，今病發無禮，罪該萬死！望乞娘娘恩赦！」太后道：「此僧何曾瘋顛？真是羅漢，他這番舉動，乃是許我來世轉女成男之意，實是禪機，不是無禮。本請他來拜謝，但他既避去，必不肯來，只得罷了。」說罷，遂上輦還宮，長老引眾僧送太后去了，方才放下了一塊石頭。因叫侍者去尋濟顛，那裡見個影兒。長老因對眾僧道：「濟顛要藏殿完成，故顯此神通，感動太后，今太后口稱羅漢，故又作此瘋顛掩人耳目，你們不要將他輕慢！」眾僧聽了，方才信服。

卻說濟顛出了寺門，先同眾小兒在西湖採了一回蓮藕，又到石巖橋，望石陽里走去。到了教場橋，只見許多人在那裡圍著看，他也擠上去一看，原來是一隻癩蝦蟆，落在尿缸裏，浸得膨脹死了。濟顛嘆道：「苦惱了，苦惱了，只也是輪迴一轉，叫人取個火來，尋些亂竹，我與你下火。」遂作頌道：

這個蝦蟆，浸得膨脹，在生猖狂，死後倔強。既已瞑目張牙，何不跏趺合掌。佛有大身小身，物得人相我相，一念悟來離諸業。咦！

青草池邊尋不見，分明夜月梨花上。

燒完了，只見半空中現出一個青衣童子來叫道：「多謝師父慈悲，已得超生矣！」眾人看得分明，盡皆喝采，濟顛正待轉身，忽背後一個和尚拖住道：「小僧是崇真寺裏僧人砧基，這裡的西溪安樂山永興寺長老，屢欲見師父，苦無機緣，今日相遇，且到敝寺盤桓幾日？」濟顛就隨著砧基到永興寺來。永興寺長老大喜，忙請入方丈室，一面獻茶，一面令侍者整治酒餚出來，三人共飲，濟顛遇了酒，就十分得意，吃了一夜。次日又叫人到清溪道院請徐提點到來相陪，那徐提點又是吃酒道士，大家吃得十分有興。過了兩日，又同砧基到崇真寺裡玩了幾天，吃酒做詩。

不知不覺，在永興、崇真二寺，與清溪道院幾處，就盤桓了四個月，早已是初冬天氣，身上寒冷，想到我出來長久，也該回去看看長老。遂別了砧基同徐提點二人，竟向石人嶺來。剛走到嶺上，又撞見上天竺的懺首。濟顛問道：「師兄那裡來？」懺首道：「不要說了！我庵裡講主，昨夜被盜偷得精光，令著我在西溪街上鄭先生家問卜。」濟顛道：「既是講主失盜，我也該去看他一看。」二人遂同下了石人嶺，逕至棘寧寺。那講主正在納悶，見了濟顛，忙施禮道：「爲何久不來相會？」濟顛道：「今日也還不來，因知你失物煩惱，故特來安慰。」講主道：「老僧掙了一世，一旦皆空，怎叫我不煩惱！」濟顛道：「出家人要財何用，待他偷去省得記掛，我如今作詩一首，替你發一笑，以解煩惱如何？」講主道：「你既有此美意，請唸來與我聽。」濟顛隨唸道：

啞吃黃蓮苦自知，將絲就緒落人機；
低田缺水遭天旱，古墓安身著鬼迷。

賊去關門無物了，病深服藥請醫遲；
竹筒種火空長炭，夜半神龍面向西。

講主聽了笑道：「雙關二意，說得倒有趣，我如今心中十分愁悶，你須在此住一、二月，替我解悶方好。」濟顛道：「若有酒吃，便住一兩年也不妨。」講主道：「別的都被偷去，惟酒尚在，只怕你吃不了。」兩人又大笑，不知濟顛住下如何行狀？且聽下回分解。

濟公活佛評述

一、太后夜夢金身羅漢，化緣修造福海藏殿，次晨召了毛太尉告知此事，害太尉聽了驚倒在地，嘆道：「濟公神奇，化緣簿已在我家！」方知濟公：

說話無虛，句句實話；

雖會賣弄，裡含禪意。

二、太后聞毛太尉之言，也暗地驚奇，想到濟顛真人不露相，必親往淨慈寺看個清楚。捨了寶庫中脂粉錢三千貫，押送到淨慈寺中。太后捨得花粉錢，造就海藏殿，總算為我佛粉飾一間樓殿，功德無量。長老、寺僧一聞太后駕到，慌了手腳，正是：

佛在寺中不覺慌，達官俗體有何妨；
定中虎豹似蚊蠅，我學如來一佛掌。

三、太后想看夢中羅漢，長老道：「貧僧合寺，五百僧眾，盡是凡夫披剃，不敢妄稱羅漢，炫惑娘娘。」此一語不愧為修行人風度，現在不少自個兒稱師作祖之輩，妄為自封祖師者或稱某某仙佛轉世者，皆該休了。濟顛也道：「貧僧是個瘋顛窮貧和尚，並非羅漢，娘娘不要認錯了。」這一語也抹去了本相，不願露白；現在世人，既無

濟顛之神通，又喜自高稱佛做祖，無人敢道自己是個瘋顛痴漢，都說咱是正人君子，大佛投胎轉世，世人非拜你不可呢？可笑！

四、我為了報答太后惠賜三千貫錢，特在太后娘娘面前頭向地，腳朝天，一個觔斗翻轉過來，又露出那本相！害眾嬪妃宮女羞答答，臉紅紅。長老嚇破膽，心想道濟在太后面前這般無禮耍寶，恐性命不保，無奈太后卻道：「他是真羅漢（真貨）！假不得，這番舉動，乃是願我轉女成男，實是禪機，不是無禮。」果然太后也有些來歷，雖有善根，惜無向陽枝幹，故望來生轉女成男，落得大方，也可拋頭露面，不必脂粉塗擦，才配稱英雄好漢！

五、癩蝦蟆落在尿缸裏，莫非是想吃天鵝肉而跌倒乎？一失足，輪迴路，下把火，把牠度。燒盡蝦蟆干，現出童子來。故知萬物皆有靈，勸世勿殺生。

六、棘寧寺中，講主財物被偷，納悶不已，真也個不空和尚，故如來偏叫他空無一物。哈哈！我有二偈：

㈠有的皆偷去，無的存下來；
空留一尊佛，日夜好消災。

㈡有人就有道，道能生萬物；
何必苦納悶，關懷口吐珠。

講主道：「値錢的悉已偷去，惟酒尚在，特請濟顛一飲。」正是：

別的悉偷去，法酒在我身，
賊偷身外物，主人安如神，哈！哈！
（偷不去！偷不去！）

《第十一回》 解僧饞貴人施筍 觸鐵牛太守伐松

話說濟顛在棘寧寺，不知不覺過了兩月，看看臘盡，講主捨不得他去，因說道：「你待到過了年才回去罷！」濟顛道：「這卻使不得，長老豈不嗔怪！」遂別了講主，逕回淨慈寺來，走進方丈室中，見了長老拜道：「弟子回來了。」長老道：「你怎不與老僧說知，竟出去了這半年，來去自專，旁人豈不笑我！」濟顛道：「弟子知罪，今後再不敢了！」自此在寺過了年，每日只在禪堂中跟著眾人誦誦經唸唸佛，混過兩三個月。

倏忽暮春，天氣晴朗。濟顛忽又想動，來稟長老道：「弟子久不出門，許多朋友恐怕生疏了。今日出去望望，特來稟知，放弟子去走走。」長老道：「放便放你去，但只好兩三日便要回來！」濟顛應承了，遂一逕投萬松嶺毛太尉府中來，毛太尉接進去相見，太尉道：「自從太后娘娘到你寺中，不覺又是半年了。那日你弄禪機，打觔斗，我甚爲你躭憂愁，恐怕有禍，不期太后娘娘心靈性慧，倒打破了你盤中之謎，反再三的讚嘆。」濟顛道：「那是我一時瘋發了，有甚麼禪機，感謝佛天保佑，免了這場大禍，又完成了藏殿的功德，故今日特來謝謝太尉。」太尉道：「你來得正好，今日園丁在竹園中掘得些新筍芽兒進來；我見是初出之物，將一半進上朝廷，還留一半在此，待我命庖人煮來，與你嚐嚐新鮮口味可好麼？」濟顛道：「好是好，但做和尚的，此時吃它，未免過分。」太尉道：「筍乃素物，又非葷肴，有何過分？」濟顛道：「太尉不知，俗語說得好：『一寸二寸官員有分，一尺二尺百姓得吃，若是和尚要吃，直待織壁。』我做和尚的此時吃他，豈不過份？」說得太尉笑將起來，不一時庖人煮了筍，又煮了兩壺酒來排上。濟顛一到口，便吃了大半碗，又是幾碗酒，吃得快活，便說道：「我虧太尉高情，得以嚐新筍，我家長老坐在寺中，夢也還不曾夢見，我且剩幾塊帶回去，與他嚐嚐，也顯得太尉人情。」太尉道：「只是殘剩的，怎好帶去？」遂叫庖入又取了一碗來，用荷葉包好，付與濟顛作謝而回。

剛到山門前，首座問道：「你手裏包兒，莫非狗肉？」濟顛道：「雖不是狗肉，卻比狗肉更美。」因將包兒往他鼻上一塞，道：「你且聞一聞看！」首座僧認做耍他，忙把鼻子掩著躲開，濟顛遂一逕到方丈室來見長老。長老問道：「你爲何今日才去便回來？」濟顛道：「因毛太尉留我吃新筍，我見滋味鮮美，因此討了一包來請長老嚐新，故此不曾耽擱。」遂向侍者討了一個盤來，將荷葉包打開，把筍兒傾在盤內，托上來獻與長老。長老道：「物雖微，卻難得一片好心。」遂舉筷吃了好些，讚道：「果然好滋味！」剩下的就叫方丈室中幾個侍者分吃了。不一時，眾僧得知，都來討筍吃。長老道：「這筍乃道濟帶歸來請我嚐的，只有一節，如何分散眾人？」眾僧道：「這不干長老之事，多是濟顛不是，佛法平等，你既自吃了新筍，又帶來請了長老，難道就不該化些來請請大眾？」濟顛道：「你們只輕易說個化字，殊不知化人東西，有好些瑣難，我在太尉府中，不知說了多少禪機，方才有得到口，你們坐在家裡，白白就夢想吃，也罷！就將這新筍爲題，你們眾人做得一首詩出，我吃苦不妨，去化兩擔來請你們罷！」眾僧聽說做詩，俱默然不語。長老道：「他們如何理會得來，待老僧代他們做一首吧！」遂信口七言一絕道：

竹筍初生牛犢角，蕨芽初長小兒箋；
旋挑野菜炊香飯，便是江南二月天。

濟顛道：「好詩好詩！但他們要吃筍，怎麼倒要師父做詩？今我師既代他們做了，我也推辭不得。」因而屈著指推算道：「今日諒不能有，明日料也還無，挨到後日，還你們兩擔罷！」長老道：「新生物多寡有些就罷，如何論得擔？」濟顛道：「包有包有！」說罷又自顛耍去了。

到次日，又到毛太尉府中。太尉問道：「你今日又來，莫非昨日的酒吃得不盡興麼？」濟顛道：「倒不為要酒吃，只因昨日承太尉的筍，回去與長老吃了。眾僧看見，都饞哩哩要吃，再三求我來化，我看不過他們咽涎，就一時答應化兩擔與他們，故又來打擾太尉。」太尉笑道：「你這和尚真不曉事，一個才出土的新筍，只能掘些嚐嚐新，怎麼論起擔來？」濟顛道：「只要肯捨，包管園中廣有。太尉若不信，可叫園丁來問便知。」太尉遂叫園丁來問道：「竹園裡可曾有發些新筍出來？」園丁稟道：「好叫太尉得知，昨日掘過一寸也不留，今日看時，滿園中遍地密雜雜都攢出頭來，大是怪事。」太尉又驚又喜，便對濟顛道：「今日方透芽，掘起必少，莫若養他一夜，明日還可多得些，也許是你來為眾僧化緣一場。」濟顛道：「多謝太尉，如此更好。」太尉遂命備酒與他同飲，到晚就留在府中歇了。次早起身，太尉同濟顛步入竹園，看那園丁將新長出來的筍，盡數掘起，共有五擔，太尉吩咐叫五個值班的挑了，跟濟公送到寺裡去。濟顛謝了太尉，領著這五擔筍回寺來，眾僧在山門前望見，盡皆歡喜，忙來報知長老，長老讚嘆道：「道濟作用果是不凡！」不一時濟顛同筍到了，長老叫人收了筍，取出五百文錢，酬勞了送筍的五個人，一面即命煮筍，與合寺僧人同吃了，眾僧俱各歡喜，散了不題。

過了幾日，濟顛在寺，忽想起，靈隱寺昌長老已死，不曾去送喪，又聞得是印鐵牛做了長老，不知規矩如何？遂定了主意，要去望望，遂一逕走到靈隱寺，煩侍者通報了。長老想道：「他是個瘋子，一向被昌長老逐出外地，今日又來做甚麼？莫非想著舊事，要來纏擾？只不睬他便了。」遂吩咐侍者回報不在，侍者回復了濟顛，濟顛冷笑了一聲，又走到西堂來見小西堂，那小西堂也回不在；濟顛遂問行童，借了筆硯，去冷泉亭下作詩一律，罵長老道：

幾百年來靈隱寺，如何卻被鐵牛閑；
蹄中有漏難耕種，鼻上無穴不受穿。
道眼豈如驢眼瞎，寺門常似獄門關；
冷泉有水無鵁鷺，空自留名在世間。

又做一絕，譏誚西堂道：

小小庵兒小小窗，小小房兒小小床；
出入小童并小行，小心服侍小西堂。

題完將二詩付與行童，逕自回寺，這行童不敢隱瞞，將詩呈與長老，長老大怒道：「這濟顛自恃做得兩首詩，認得幾個朝官，怎敢就如此無禮，將我輕薄，難道我就罷了不成！」恨恨的想了一會，想出一計，那臨安府趙知府是我最相好的，待我寫書去，求他將淨慈寺門外兩傍松樹，俱行砍去，破了他寺裡的風水，他長老曉得是濟顛起的禍根，必然驅逐，方洩得我這口惡氣。算計定了，遂寫書去求趙太守不題。

且說德輝長老這一日正與濟顛同坐，說些閒話，忽門公來報道：「不好了！寺中禍事到了，臨安府趙太爺，親自帶了百十餘人，要砍去寺門兩旁松樹！」長老著忙道：「這些松樹，乃一寺風水所關，若砍去，又眼見得這寺就要敗了，如何是好？」濟顛道：「長老休慌，待弟子去見他。」長老道：「我聞得官人十分利害，你須要小心，切不可觸他之怒，否則，便無法解救了。」濟顛道：「我師寬心，萬萬無妨。」遂從從容容走出山門，向著趙太守施禮道：「淨慈寺書記僧道濟參見相公。」太守道：「你就是濟顛麼？」濟顛道：「正是！」趙太守道：「聞你善作詩詞，譏誚罵人，我今來伐你寺前的松樹，你也敢作詩譏誚罵我麼？」濟顛道：「水腐蟲生，人有可譏誚處方可譏誚之，相公乃一郡福星，百姓受惠，小僧頌德不遑，焉敢譏誚？相公此來若果是伐木，小僧不揣，吟詩一首，敢爲草木乞其餘生，望相公垂鑒。」趙太守道：「你且唸來我聽。」濟顛遂信口吟道：

亭亭百尺接天高，曾與山僧作故交；
滿眼枝柯千載茂，可憐刀斧一齊拋。
窗前不見龍蛇影，屋畔無聞風雨潮；
最苦早間飛去鶴，晚回不見舊時巢。

趙太守聽了濟顛之詩，沉吟了半晌道：「你卻是有學問的高僧，本府誤聽人言，幾乎造下一重罪孽。」遂命伐樹人盡皆散去，復與濟顛作禮道：「果是好詩，字字動人，此地山環翡翠，屋隱煙霞，大有禪林風味，意欲再求一首佳章，與小官參悟，萬勿吝教。」濟顛聽了，遂信口長吟一律道：

白石嶙嶙接翠嵐，翠嵐深處結茅庵；
煮茶迎客月當戶，採藥出門雲滿籃。
花被鳥拈疑佛笑，琴為風拂宛禪談；

今朝偶識東坡老，四大皆空不用參。

太守聽了嘆賞不已，道：「吾師語含宿慧，道現真修，下官有一律奉贈，以博一哂！」亦長吟一律道：

不作人間骨肉僧，朗同明月淨同冰；
閒思吐作詩壇瑞，變相留為法界徵。
從性入禪誰問法？明心是性不傳燈；
下根久墮貪嗔夢，今日方欣識上乘。

濟顛聽了，再三感謝，遂邀太守入寺獻齋，太守欣然齋罷，方才別去。

長老見太守去了，方對眾僧道：「今日若非濟顛，這些松樹危矣！快叫人請他來謝。」誰知這濟顛誠恐驚動，早已自脫身去閒走，剛走到長橋，忽看見賣麵果的王公門上貼著訃書，吃了一驚，忙走入去，只見王婆正坐在棺材邊哭，看見了濟顛，方說道：「阿公平日與你相好，後日出殯，請你下火，說兩句禪機，令他往生西方，也見你的情分。」濟顛道：「要我下火，到後日准來說罷！」

便走去長橋上閒坐，只見賣葡萄的沈一挑著空擔走來，看見濟顛坐在橋上，便道：「多時要請師父吃一壺，苦無機會，今日有緣，倒撞著師父閒坐，我又無事，同去酒店裏吃一碗如何？」濟顛道：「甚好甚好！」二人遂走入酒店坐定，沈一忙叫店家取酒來倒，濟顛一連吃了幾碗，吃得爽快，看了沈一道：「難得你一片好心請我，我自有話對你說，不知你肯聽否？」沈一道：「師父定是好話，且請說來，小人焉有不聽的理？」不知那濟顛說出甚麼話來，且聽下回分解。

濟公活佛評述

一、毛太尉請我吃竹筍，我也說出一篇道理來，且聽道：「一寸二寸，官員有分，一尺二尺百姓得吃，若要和尚直待織壁。」我此刻也認做和尚本份，不敢貪求口福。一寸二寸這種初芽嫩筍，是古時官員的份兒；一尺二尺筍，這種中筍是百姓的菜湯；輪到和尚，須待筍老絲韌，可以織成籬壁時，才可吃。正是：「出家人，吃剩飯，收拾殘渣，好種福田。竹筍老，作籬杆，飽肚腸穿，茅屋蓋腹上。既避風雨，又能遮寒，省錢合算！也是惜福修高段。」

二、新筍好吃，我想到長老沒這個口福，也就帶些回去孝敬一番，真是難得有此孝心。並賞寺僧吃得開懷，老衲學習地上小螞蟻，聞香告知伙伴，是孝亦義。

三、僧人吃筍，也太討債（浪費），且聽道：

新筍初生物，探頭命已枯；

吃它憐身弱，免得大成樹。

還得深山住，任那風雨打，痛苦嚎哭；老大時，又被砍去蓋茅屋，不如吞下僧肚腹，好上西天歸淨土。下了路，重新生長，大雄寶殿做龍柱。

四、吃罷竹筍，心血來潮，想起靈隱寺昌長老已去，不曾送喪，又聞得是「印鐵牛」做了長老，故回去探望一番。那知我這付德性，他們早已受不了，故避不見面，老衲無奈，壁上題詩相識，惱得印鐵牛長老思報復，勾結了趙知府要來破去淨慈寺風水，砍去寺前兩旁松樹，害德輝長老慌張失魄，幸我題詩相勸，總算使趙知府息兵罷手，並結為莫逆之交，正是：

寺邊松樹太無辜，鐵製牛犁嗔性愚；
欲破淨慈風水地，心腸惡毒墮三途。

出家人看到不平事，用心機害人者，可休矣！
一付窄肚腸，充滿火藥味，
說什麼慈悲，欺他外道人？
說什麼假濟公，真佛陀，看那善人恨如仇，任意醜化，讓我難過！
若在當初，我早被你殺了砍頭，似今日欲除松樹消心恨，罪過罪

《第十二回》佛力顛中收萬法 禪心醉裡指無名

卻說濟顛對沈一道：「人生在世，只爲這臭皮袋要吃，我看你又無老小，終日忙忙碌碌何時是了？倒不如隨我到寺裡去做個和尚，吃碗安頓飯罷！」沈一道：「我久懷此意，但恐爲人愚蠢，一竅不通，做不得和尚，若師父肯帶我去，今日就拜了師父，跟師父到寺裡去。」濟顛道：「直截痛快，做得和尚！」方吃完酒，就領了沈一入寺來參見長老道：「弟子尋得一個徒弟在此，望長老容留。」長老道：「也好也好。」遂命侍者燒香點燭，叫沈一跪在佛前，替他摩頂授記，改名沈萬法，正是：

偶然拜師父，便成親子孫；
何須親骨肉，寬大是禪門。

次日，濟顛無事閒坐，吩咐沈萬法到灶下去扒些火來，萬法道：「師父要火做甚麼？」濟顛道：「我身上被這些餓虱子叮的癢不過，今日要尋他的無常，因此要火。」沈萬法聽了就去弄了一盆火來，放在面前，濟顛就脫下僧袍來，在火上一烘，早鑽出許多虱子來，內中有兩個結在一塊不放的，濟顛笑道：「原來虱子也有夫妻，我欲咬死他，又怕污了口，欲要掐死他，又怕污了手，不如做個功德，請你一齊下火罷！」遂將僧袍一抖，許多虱子都抖入火中，濟顛口中作頌道：

虱子聽我言，汝今當記取。既受血氣成，當與皮肉處。清淨不去修，藏污我衲裡。大僅一芝麻，亦有夫和婦。靠我如泰山，咂我如甘露。我身自非久，你豈能堅固。向此一爐火，切莫生驚怖。拋卻蠕動軀，另覓人天路。

咦！烈火光中爆一聲，剎剎塵塵無覓處！

濟顛復將僧袍穿上道：「他不動，我便靜。快快活活！」一面說，一面往外走，一逕走到王公家裏，恰好開始辦喪事，濟顛對王婆道：「你又不曾請得別人，我便替你指路罷！」遂高聲念道：

麵果兒王公，秉性最從容，擂豆擂了千百擔，蒸餅蒸了千餘籠。用了多少香油，燒了千萬柴頭，今日盡皆丟去。平日主顧難留，靈棺到此，何處相投？

咦！一陣東風吹不去，烏啼花落水空流！

眾人把棺材直抬至方家峪（地名，即山谷），略歇下，請濟顛下火，濟顛手執火把道，大眾聽著：

王婆與我吃粉湯，要會王公往西方；
西方十萬八千里，不如權且住餘杭。

濟顛唸罷舉火，親戚中有暗笑的道：「這師父倒好笑，西方路遠，還沒稽查，怎麼便一口許定了往餘杭？」正說不了，忽見一人走到王婆面前作揖道：「恭喜婆婆，餘杭昨夜令愛五更生了一位令郎，令婿特使我來報個喜信。」原來，王公有個女兒，嫁在餘杭，因是有孕，故未來送喪，今聽說產了兒子，滿心歡喜，忙問道：「這兒子生得好麼？」那人道：「不但生好，還有一樁奇事，左胸下有麵果王公四個硃字，人人疑是公公的後身。」眾親友聽了，方驚驚駭駭，知道濟顛不是凡人，卻都來圍著他問因果，濟顛見眾人圍得緊，便跳在桌子上，一個觔斗，露出前頭的東西，眾人都大笑，濟顛乘人喧笑，便一逕走了。

離了方家峪，進了清波門，一直到了新官橋下，沈平齋生藥舖中來。沈平齋卻不在家，那沈媽媽往時最敬重濟顛，忙請進堂中奉茶，親備酒請他；濟顛見了酒，不管好歹，一上手便吃了十餘碗，已有些醉意，沈媽媽又托出一碗辣汁魚來，濟顛也不推辭，吃一碗酒，又喝些魚湯，不知不覺吃得十分酩酊，方才作謝起身。沈媽媽見他醉了，囑咐道：「你往十里松回去，那裏路靜，你醉了須要小心些。」濟顛糊糊塗塗的應道：「我和尚一個空身體，有甚小心？今夜四更時，你們後門倒要小心。」竟跌跌撞撞的去了。沈媽媽聽見濟顛說話蹊蹺，到了四更天不放心，叫人悄悄去看，不期果有個賊在那裏挖壁洞，那時喊將起來，方逃走了。自此一發敬重濟顛，就如活佛。

且說濟顛剛走出清波門，身體醉軟了，掙不住腳，一滑早一跤跌倒在地，爬不起來，竟閉著眼要睡，把門軍及過往行人，俱圍攏來看，有的認得說，這和尚是淨慈寺的濟顛，有的說他吟得好詩，做得好文，那個朝官不與他相好。有的說這和尚沒正經，一味貪酒，內中有一個道：「我要到赤山埠去，經過淨慈寺卻是順路，我扶了他回去罷！」眾人道：「好好，也是好事。」那個人將濟顛扶起來攙著走，濟顛走一步，掙一掙，攙他好不吃力，慢慢的攙到十里松，濟顛立腳不住，又跌倒了，那裏再扶得起，那人無法，只得撇了他，自走到淨慈寺報信。沈萬法急急的趕到十里松，只見濟顛昏昏酒氣直沖的，睡在地下，沈萬法叫道：「師父醒了！我扶你回寺。」濟顛看見是沈萬法，便罵道：「賊牛！你豈不知師父醉軟了，卻叫我自家站起來！」沈萬法無奈，只得將他扶起來站著，自己彎下身子，去叫他伏在背上，然後背起，走不上數十步，不道那濟顛酒湧上來，泛泛的要吐，沈萬法道：「師父忍著些，待我背你到寺了再吐罷！」濟顛也不言語，又被背著走，不上三五十步，濟顛忽一陣噁心，那些穢物直湧上喉嚨來，那裏還忍得住，早一聲響，吐了沈萬法一頭一面，沈萬法欲要放下來收拾，卻恐再背費些力氣，幸還有些蠻力，只得耐著穢臭，一逕背入寺中，到廚房中麵床上，方才放下，打發他睡了；然後去洗乾淨了頭面，走來看師父，只見濟顛睡得熟熟的，就坐在旁邊伺候。

等不多時，忽見濟顛一骨碌子，跳將起來，高聲喊道：「無名發呀發呀！」眾僧雖多聽見，只認做濟顛酒狂，誰來理他。沈萬法也糊糊塗塗，又打發濟顛睡下，睡不多時，又見他跳起來高叫道：「無名發呀發呀！」此時已是更餘時分，眾僧俱已睡了。濟顛叫了許久，見無人理他，遂走出來，繞著兩廊，高叫：「無名發呀發呀！」又叫了半晌，著了急，遂敲著各處的房門，大叫道：「無名發呀發呀！」直叫到三更時分，忽羅漢堂琉璃燈燒著了旛腳，火燒起來了，及至眾僧驚覺，爬起來時，早猛風隨火，烈燄騰騰，已延燒到佛殿與兩廊各僧房了，眾僧方才慌張，忙來救火搶物，已是遲了，只急得亂跑，濟顛罵道：「我叫了這半夜，都塞著耳朵不聽，如今燒得這般禿驢好，只可惜長老匆匆歸去，不曾見得一面送他，可憐可憐。」此時眾僧苦作一團，那裏還有心來聽他的話，直燒到天明，早有許多官兵入寺來查失火的首犯，已將兩個監寺捉將去了。眾僧一時燒苦了，搥胸跌腳，都恨恨的道：「我們晨鐘夕梵，終日修道，難道許多菩薩，就沒有一點靈感，救護救護？」濟顛聽了大笑道：「你們這般獃和尚，如何得知，成毀乃世人之事，與佛菩薩何干？」因口念四句道：

無名一點起逡巡，大廈千間故作塵；
我佛有靈還有感，自然樓閣一番新。

可惜偌大一個淨慈寺，失了火，從前半夜燒起，直燒到次日午時方住，一殿兩廊盡皆燒毀，惟有山門不壞，大家立在山門下查點僧眾，雖多焦頭爛額，卻人人都在，只不見了長老，有的說想是在方丈中熟睡，被火燒死了。有的說定是見火緊，逃往寺外去了，眾僧分頭向各處找尋，未知長老果在何處？且聽下回分解。

濟公活佛評述

一、遇著賣蘿蔔的沈一，挑著擔子，日日忙碌，卻有善根，遇著我，稱道：「我們真有緣，想請濟顛喝一碗？」我看他機緣已到，便對他勸道：「人生在世，只為這個臭皮囊，何苦勞碌不堪，不如出家做和尚，清閒自在，還能到天上！」沈一果然一口答應，立即隨我出家去。

二、燒香點燭，沈一跪在佛前，長老替他摩頂授記，改名「沈萬法」，正是：

燒香點燭——去那不淨，照這暗靈。
剃刀之下——光禿了頭，抹去男女之相，免起色生之心。

佛法平等——就此一刀兩斷，管你販夫宰相，出家就是一樣。

跪在佛前——總算屈膝，從今天起，好好立地，以備來日爬上佛頂神氣！

摩頂啊！——試爾禿頭圓不圓，亮不亮，不圓不亮，還須磨煉好生光！

授記啊！——禪門正法，指點生死路，拴住惡鬼門，正法眼中藏，看爾正前方，師手提燈，裝上正門，當日由此來，從今由此去，打開太平門，來日（急時）好逃生！

沈一改名沈萬法——萬法本歸一，一心生萬法，祖生孫，孫變祖，無極生太極，太極在無極，留得真種性，靈山會世尊！

三、酒醉吐得沈萬法萬身穢物，這也要他洗個乾淨，以好修身！

三、酒醉吐得沈萬法萬身穢物，這也要他洗個乾淨，以好修身！

四、酒精火氣大，勸世勿貪杯，免得家破人亡，妻離子散，如不信，且看：

夜來濟顛喊道：「無明發呀！無明發呀！」火燒眉頭，人猶不知，大夢正酣，火宅安居，小心小心！

五、一把無明火，找不出起因？燒得「淨慈寺」乾乾淨淨，又無「一一九」，也沒消防車，乾著急，有何用？也算是「天也空來地也空，人生渺渺在其中；寺也空來佛也空，紅塵囂囂佛無蹤！」

六、苦了眾僧，抱怨菩薩不顯靈，我道：「成毀乃人世之事，與佛菩薩何干？」一語道破，不僅四大皆空，連佛菩薩亦空，只因空中才能生妙有！舊地不燒去，新的怎麼來？正是：

燒去古廟寺，樂得菩薩好；
天地為大殿，寬闊樑亦高！

七、無明已去，卻找不到長老，莫非藉火遁去，且待尋找？

《第十三回》

松長老欣錫禪杖
濟師父怒打酒罈

卻說這淨慈寺因失火，不見了長老，眾僧往各處找尋，並無蹤跡，濟顛見了笑道：「你們這般和尚，真個都是獃子，我已說過，長老原從天台來，今日已歸天台去了，怎麼還尋得著他呢！」眾僧俱不信，都道：「那有此事，就是燒死了，少不得有些骸骨。」就叫煮飯的火工在方丈室瓦礫中去扒看，扒了多時，忽扒出了一塊磨平的方磚來，上有字跡，眾僧爭看卻是八句辭世偈言：

一生無利又無名，圓領方袍自在行；
道念只從心上起，禪機卻是舌根生。
百千萬劫假非假，六十三年真不真；

　　今日無名叢內去，不留一物在南屏。

　　眾僧看得分明，方知長老是個高僧，借此遁去，方識濟顛有些來歷，不得亂言。然到此田地，無可奈何，只得與濟顛商計，要將燒不盡的木頭，搭起幾間茅屋，大家草草安身，濟顛道好，忽走下廚去，看見屋雖燒去，卻剩下一大鍋熱湯，濟顛叫道：「他事且慢商計，此間有好熱湯，且落得來洗洗面。看你們不要惱壞了，我有支曲兒，且唱與你們聽聽，解解悶如何？」遂唱道：

　　淨慈寺蓋造是錢王，一霎時燒得精光，大殿兩廊都不見，只剩下四個泥土的金剛。佛地與天堂，平空似教場，卻有些兒不折本，一鍋冷水換鍋湯。

　　眾僧聞聽了都大笑起來道：「如今這般苦惱，怎你還要瘋顛，我們的苦，且擱開再說。但是兩個監寺，被官府捉去，枷在長橋上，你須去救他一救方好。」濟顛道：「這個容易。」遂一逕走到長橋，果見兩個監寺枷在那裡，因笑道：「你兩個板裏鑽出頭來，好像架子上安著燈泡。」兩個監寺道：「好阿哥！我們在此好不苦惱，你不來救我，反來笑我？」濟顛笑道：「你且耐心捱一會，自然救你！」

說罷，竟往毛太尉府中來，毛太尉接著說道：「聞你寺中遭了回祿，真是苦了。」濟顛道：「和尚家空著身子，白吃白住，有甚苦處？只苦了檀越施主，又要累他重造。如今兩個監寺枷在長橋上，這卻是眼前剝膚的真苦，須求太尉慈悲，去救他一救。」太尉道：「不打緊，待我寫書與趙太守，包管就放，你且安心在此吃兩杯，解解悶。」當即叫人安排出酒來，與他對吃，濟顛吃到半酣道：「多感太尉高情，留我吃酒。但我記掛這些和尚，在火場上悽悽惶惶的沒個理會，且回去看看。」遂別了太尉出來。

行至寺前只見兩個監寺已放了回來，向濟顛謝道：「虧了濟師父。」濟顛道：「謝倒不必謝，但蛇無頭不能行，這寺裡僧徒又眾，亂閧閧的沒有個好長老料理，卻怎生過活？」首座道：「我們正在此商量，不知你請那個長老，方住持得這寺？」濟顛道：「我想別人來不得，還是蒲州報本寺松少林長老，方有些作用。」監寺道：「這個長老果然是好，但恐他年歲高大，未必肯來。」濟顛道：「要他來也不難，只要多買些酒來吃得我快活。」監寺道：「此係大家之事，況今粥飯尚且不能周全，那有閑錢去買酒請你，你若不肯寫書，只得大眾寫一公書去請。」濟顛道：「倘若公書請不來時，卻要被我笑話，寺裡既無酒吃，我只得別尋主顧。」遂一逕去了。

這裡合寺僧人，同修了一封公書，叫個傳使，竟到蒲州報本寺來，見了少林松長老，呈上請書，長老看了，道：「承眾人美意，本該承命而往，但老僧年邁，如何去得？」傳使又再三懇請，長老只是苦辭不允，傳使無奈，只得回寺，報知長老不來之事，眾僧沉吟不悅道：「他不肯來，如何是好？」首座道：「除非買酒請濟顛，叫他寫書去，方有指望。」眾僧無法，只得設法銀子，買了一罈酒來，叫人四下去將濟顛尋來，請他吃。濟顛見了酒，不問好歹，一上口，便吃了十數碗，吃得有些光景，方問道：「你們這般禿子，平日最是慳吝，今日爲何肯破鈔請我？想必是請不動松長老，又要我寫書去請了。」眾僧聽了俱笑起來道：「果是空走一遭，只得又來求你。」濟顛道：「吃了你們酒，定然推不得。」叫取筆硯來，寫了一封書付與傳使，然後又吃，直到爛醉方歇。且說這傳使連夜趕到蒲州，直到報本寺來見長老，長老道：「老僧已辭你去了，如何又來？」傳使道：「本寺濟書記有簡板呈上。」松長老接來拆開一看，上寫道：

伏以梵修度日，終是凡情；開創補天，方稱聖手。雖世事有成必毀，但天道無往不還。痛淨慈不幸，淨掃三千；悲德輝長辭，忽空四大。遂致菩提樹下，法象凋零；般若聲中，宗風冷落。僧歸月冷，往往來來，如鶯棲之鳥；人去山空，零零落落，如吹斷之雲。鼓布已失，何以增我佛之輝？衣食漸難，大要出如來之醜！欲再成莊嚴勝地，須仰仗本邑高人。恭惟少林大和尚，行高六祖，德庇十方，施佛教之鈴鎚，展僧人之鼻孔。是以不辭千里，通其大眾之誠，致敬一函，求作禪林之主。若蒙允諾，瓦礫吐金碧之輝；倘發慈悲，荊棘現叢林之色。大小皆面皮，休負諸山之望；近遠悉舟楫，毋辭一水之勞。慧日峰前，識破嶮崖之句；南屏山畔，願全靈隱之光。佇望現身，無勞牽鼻。

長老看了大喜道：「濟書記這等鄭重，只得要去走一遭。」吩咐傳使走回報知濟書記，叫他「休得出去，在寺候我，老僧只在月內准到！」傳使謝了先回，報知眾僧大喜，對濟顛道：「你千萬不要出門，恐松長老到時沒處尋你。」濟顛道：「若不出門，那得酒吃？」也不睬眾僧，竟一逕去了。

監寺與僧商議道：「若留他在家，每日那有這麼多錢買酒！不留他，又恐長老來不見了他，不歡喜。」首座道：「我有一法，且暫時哄著他，拿個大空罈，盛了湖水，泥了罈口，只說是賒來的好酒，待長老來了，方開來請你。等得長老來時，開出水來，也不過一笑。」監寺道：「妙妙妙！」忙叫人尋了濟顛回來，對他說道：「一向要買酒請你，卻奈無錢，今在一個相熟人家，賒得一罈好酒在此，卻先講明，直待長老到了，方開請你，你心下如何？」濟顛道：「既是如此，也要抬出來，我看一番才放心。」首座就叫兩個煮飯火工，把罈子抬到面前，濟顛道：「既是扛來，便打開來，多少取些嘗嘗也不妨！」首座道：「這是新封泥的，開了就要走氣，明日便無味了。」濟顛道：「也說得是，這一罈也儘夠我一吃了。」仍叫火工扛到草屋裡放著，每日去看上兩三遍。

過了數日，報說長老到了，眾僧忙忙出寺去，遠遠迎接進寺，長老先草殿上，禮了佛，然後眾僧請長老坐下，各執事一一參見過，長老就要與濟顛講話。濟顛辭道：「有話慢講，且完了正事！」急忙忙走去，叫火工將酒快扛了出來，取一塊磚頭，對泥頭敲去，急低下頭來去聞，卻不見酒香，再將碗去打出半碗來嘗嘗，竟是一罈清水，心中大怒，遂拾起磚頭來，將罈子打得粉碎，流了一地的水，眾僧在旁邊都掩著口笑。濟顛看見，益發急了，亂罵道：「這一夥禿驢怎敢戲我？」松長老聽了，不知就理，問侍者道：「這是爲何？」侍者道：「濟師父要酒吃作鬧！」長老道：「濟公要酒吃，何不買兩瓶請他？」濟顛聽見長老叫買酒請他，方上前分辯道：「這般禿驢不肯買，還說是無錢，情猶可恕，怎將水充作酒來作弄我，這樣無禮，該罵不該罵！」長老聽說將水充作酒耍他，禁不住也起來道：「該罵該罵，但你不要與他們一般見識，我自買酒請你。」濟顛道：「長老遠來，我尚未曾與長老接風，甚麼道理反要長老破鈔！」長老道：「我與你同是一家，那裡論得你我！」不一會兒已叫人買酒來，濟顛開罈時，已是垂涎了半晌，喉嚨裡已略略有聲，今酒到了面前，那裡還忍得住，也不顧長老在前，一連就是七八碗，吃得快活，想起前事，也自笑將起來，對著長老道：「弟子被這班賊禿耍了，如今想起來，又好惱又好笑。因做了兩首詞兒，聊自解嘲，且博長老一笑。」遂叫取紙筆，寫出呈上，長老展看，卻是兩首點絳唇：

殘液滿喉，只道一罈都是酒。指望三甌，止住涎流口。不意糟糕，盡為西湖有。唯而否?這般禿狗，說也真正醜！

虧殺阿難，一碗才乾又一碗。甘露雖甘，那得如斯滿。不是饕貪，全仗神靈感。冷與暖，自家打點，更有誰來管？

長老看了笑個不停，又讚道：「濟公不但學問精微，即遊戲之才，亦古今無二。——老僧初到，尚未細問，不知貴寺被焚之後，這募緣的榜文，曾做出張掛麼？」濟顛道：「這夥禿驢，只想各自立房頭做人家，誰肯來料理這正事，還求長老做主。」長老道：「既是未做，也耽遲不得了，今日就要借你大筆一揮。」濟顛道：「長老有命，焉敢推辭？但是酒不醉，文思不佳，求長老叫監寺再買一壺酒吃了，方才有興！」長老道：「這個容易。」遂又叫人去買來，濟顛吃了，不知又作何狀？且聽下回分解。

濟公活佛評述

一、淨慈寺焚，長老果然被火化去，六十三年歲月，如今火中栽蓮，不留一物，來也空，去也空，殺菌消毒，又省得一些棺材本。

二、寺既被焚，寺僧被火煙薰得焦頭爛額，又尋長老不得，見了所留偈言，才知「大師已去！」此時濟顛猶幸災樂禍，唱個小調調侃眾僧，道：「一切精光，只剩四個泥土金剛，佛地與天堂，平空似校場——卻有些不折本，一鍋冷水換鍋湯。」哈哈！一切歸淨土，冷水燒得變熱湯，好為眾僧洗迷惘，免得火工費力燒熱水，大家洗個舒暢！顛僧為何如此這般，且聽道：

成毀不在心，滅卻貪痴嗔；

寺亡我還在，不死一聖僧。

三、長老既走了，還得請個主持料理寺物（寺雖毀，地猶在——心地燒不毀，故云：此寺非寺，仍有人住）。寺僧欲請報本寺松少林長老，長老推辭年老不想別住，只得請我修書叩請松長老了，但我無酒不成書，真也個：

無酒事情休，有杯解萬愁；
修書請長老，醉筆畫吹牛。

四、松長老被我生花醉語感動，只得往淨慈寺走一趟，且看個究竟。正是：「眾僧請不動，濟顛手腕高。」

五、眾僧為留住濟顛，以待松長老駕到，以水作酒（以計就計，且讓寺僧安心），騙得我空歡喜，我發覺後，大怒，打破酒罈，只見落花流水向東去，好讓長老乘此西邊來！正是：

打破砂鍋問到底，一罈清水味無香；
顛僧喜愛杯中物，醉去天台跳海洋。

六、焚寺重建，又勞濟顛大手筆，哈哈！

正經僧，沒法度，敲打唸唱求果腹；
濟顛僧，漫醉步，弄瓶唱歌洗腸肚。
真正經，假正經，看誰大智辨得行！

《第十四回》

榜文叩閽驚天子
酒令參禪動宰官

話說松長老又買酒來請濟顛吃得醉了，十分快活，便提起筆來寫道：

伏以大千世界，不聞盡變於滄桑；無量佛田，到底尚存於天地。雖祝融不道，肆一時之惡；風伯無知，助三昧之威。掃法相，還太虛；燬金碧，成焦土。遂令東土凡愚，不知西來微妙。斷絕皈依路，豈獨滅湖上之十方；不開方便門，實乃缺域中之一教。即人心有佛，不礙真修；恐俗眼無珠，必須見象。是以重思積累，造寶塔於九層；再想修為，塑金身於丈六。幸遺基尚在，非比開創之難；大眾猶存，不費招尋之力。倘邀天之幸，自不日而成。然工興土木，非布施金錢不可；力在佈施，必如大檀越方成。故今下求眾姓，益思感動人心；上叩九閽，直欲叫通天耳。希一人發心，冀萬民效力。財聚如恒河之沙，功成如法輪之轉。則鐘鼓復震於虛空，香火重光於先帝。自此億萬千年，莊嚴不朽如金剛，天人神鬼，功德長銘於鐵塔。

——謹榜

長老看見濟顛做的榜文，精深微妙，大有感通，不勝之喜，答應作為淨慈寺主持，並隨即叫人端端莊莊寫了這通，高掛於山門之上，過往之人看了，無不讚美。

不多時哄動了合城的富貴人家，都來看榜，多有發心樂助，也有銀錢，也有米，也有布的，日日有人送來。長老歡喜道：「人情如此，大概本寺有可興之機矣！」濟顛道：「這些小布施，只可熱鬧山門，幹得甚事？過兩日少不得有上千萬的大施主，方好動工。」長老道：「勸人布施，只好聚少成多，怎說上千上萬的？」濟顛笑道：「小施主的自然聚少成多，若遇著大施主，非上千上萬，他也自開不得口，自出不得手，少不得有的來。」長老道：「若能如此更好。」

又過兩日，濟顛忽走入了方丈室，對長老道：「可將山門前的榜文，叫人用上好的錦箋，端端楷楷的寫下一張來。」長老道：「榜文掛在山門前，人人看見，又抄寫他何用？」濟顛道：「只怕有不肯親自出門之人，要來討看，快叫人去寫，遲了恐寫不及！」長老見濟顛說話有因，只得叫人取出一幅錦箋去寫，剛才寫完，只見管山門的香火，急忙忙的進來報道：「山門外有一位李太尉，騎著馬要請長老出來說話！」長老聽了，慌忙走出山門，躬身迎接道：「不知大人降臨，有失遠迎，請到裏面用茶。」那太尉見了長老，方跳上馬來答禮道：「茶倒也不消用，但請問你山門前這榜文，是幾時掛起的？」長老道：「是初三掛起，今已七日了。」太尉道：「當今皇爺昨夜三更時分，夢見身遊西湖之上，親眼見諸佛菩薩，俱露處於淨慈寺中，看見山門前一道榜文，字字放光，又見榜文內有上叩九閽之句，醒來記憶不清，不知果是有無？故特差下官來看，不道山門前果有此榜文，果有此叩閽之句，大是奇事，下官空手不便回音，煩長老可將榜文另錄一道，以便歸呈聖覽。」長老隨命侍者，將預寫下的錦箋，雙手獻上道：「貧僧已錄成在此伺候久矣！」太尉大喜道：「原來老師有前知之妙，下官奏知皇爺，定有好音！」說罷就匆匆上馬而去。長老見內臣來抄榜文，說出天子夢中之事，知道濟顛不是凡人，正待進來謝他，不知他瘋瘋顛顛，又往何處去了。

次日只見李太尉帶領多人，押著三萬貫到寺來說：「皇爺看了榜文，卻是與夢中所見一樣，甚稱我佛靈感，又見有叫通天耳之句，十分歡喜。故慨然布施三萬貫，完成勝事，叫下官押送對來，你們可點明收了，我可回旨。」長老見了不勝大喜，因率合寺五百僧人，焚香點燭，望闕謝了聖恩，查收了寶鈔。然後請李太尉獻齋。齋罷，李太尉自去復旨不題。

長老因有了三萬貫寶鈔，一時充足，遂擇了一個吉日，做了一壇佛事，一面叫人採買木料，一面叫人去買磚瓦，一面招聚各色匠人，興起工來，寺裡已有了天子夢看榜，方賜鈔這番舉動，傳將開去，那各府縣官員財主，以及商賈庶人，無個不來，一時錢糧廣有；但只恨臨安山中買不出爲樑爲棟的大木頭來。松長老甚是不快，與濟顛商量道：「匠人說要此等大木，除非四川方有，四川去此甚遠，莫說無人去買，就買了也難載來，卻如何是好？」濟顛道：「既有心做事，天也叫通了，四川雖遠，不過只在地下，畢竟要用，苦我不著，讓我去化些來就是了。但是路遠要吃個大醉方好。」長老聽了，又驚又喜道：「你莫非取笑麼？」濟顛道：「別人面前好取笑，長老面前怎敢取笑？」長老道：「既是這等說，果是真了。」忙吩咐侍者去買上好的美酒，絕精的佳肴來，儘著濟顛受用，濟顛見美酒精肴，又是長老請他，心下十分快活，一碗不罷，兩碗不休，一霎時就有二三十碗，直吃得眼都瞪了，身子都軟了，竟如死了一般，坐將下來，長老與他說話，他都昏昏不知，因此吩咐侍者道：「濟公今日醉得人事不知，料走不去，你們可扶他去睡罷。」侍者領命，一個也攙不起，兩個也扶不動，沒奈何只得四個人連了抬到後邊禪床上，放他睡下，這一睡直睡了一日，也不見起來。眾僧疑他醉死了，卻又渾身溫暖，鼻息調和，及要叫他起來，卻又叫他不醒，監寺走來埋怨長老道：「四川路遠，濟顛一人如何能夠走去化緣，他滿口應承，不過是要騙酒吃。今長老信他胡言，醉得不死不活，睡了一日一夜，還不起來，若要他到四川去，恐怕不知何時！」長老道：「濟公既允承了，必有個主意，他怎好騙我，今睡不起，想是酒吃多了，且待他醒起來，再作道理。」監寺見長老圍護，不敢再言。

又過了一日，濟公只是酣酣熟睡，又不起來。監寺著了急，又同了首座來見長老道：「濟顛一連睡兩日兩夜，叫又叫不醒，扶又扶不起，莫非醉傷了肺腑，可要請個醫生來與他藥吃。」長老道：「不消你著急，他自會起來。」監寺與首座被長老拂了幾句，因對眾僧說道：「長老明明被濟顛騙了，卻不認識，只叫等他醒來。醒起來時，也不能到四川去化大木，好笑好笑！」

卻說濟顛睡到了第三日，忽然一轂轆子爬了起來，大叫道：「大木來了，快吩咐匠人搭起鷹架來！」眾僧聽見都笑的笑，說的說道：「濟顛騙長老的酒吃，醉了三日尚然不醒，還說夢話，發瘋顛哩！」濟顛叫了半響，見沒人理他，只得走進方丈室來見長老道：「寺裡這些和尚，盡是懶惰，弟子費了許多心機力氣，化得大木來，只叫他們吩咐匠工搭鷹架去扯，卻全然不理。」長老聽了，也似信不信的問道：「你這大木是那裡化的？」濟顛道：「是四川山中的。」長老道：「既化了卻從那裡來？」濟顛道：「弟子想大木路遠，若從江湖來，恐怕費力，故就便往海上來了。」長老道：「若從海裏來，必由亹子門到錢塘江上岸，你怎用搭鷹架來扯？」濟顛道：「許多大木，若從錢塘江搬來，須費多少人工，弟子見大殿前的醒心井，與海相通；故將大木都運到井底下來了，所以要搭鷹架。」監寺稟上長老道：「師父不要信他亂講，他吃醉了睡了三日，又不曾出門，那裏得甚大木，又要搭鷹架費人工？」長老喝道：「叫你去搭便去了，怎有許多閒話！」監寺見長老發怒，方不敢再言，只得退出，叫匠工在醒心井上搭一座大鷹架，四面俱是轉輪，以收繩索，繩索上俱掛著勾子，準備扯木，眾匠工人搭完了鷹架，走近井邊一看，只見滿滿的一井清水，那裏有個木頭？都笑將起來道：「濟顛說癡話是慣了的，也罷了，怎麼長老也癡起來？」監寺正要捉長老的白字，走來稟道：「鷹架俱已搭完，井中只有水，不知扯些甚麼？」長老問濟顛道：「不知大木幾時方到？」濟顛道：「也只在三五日中，長老若是要緊，須再買一壺酒，我有酒吃，明日就到。」長老道：「要吃酒何難！」吩咐侍者買了兩瓶酒，請他受用，濟顛也不問長短，吃得稀泥亂醉，又去睡了。長老到底有些見識也還耐著，那些眾僧見了，便三個一攢，五個一簇，說個不了，笑個不休。

不期到了次日，天才微明，濟顛早爬起來，滿寺大叫道：「大木來了！大木來了！快叫工匠來扯！」眾人聽了，只道是濟顛發瘋，沒個來理睬他，濟顛遂走入方丈室，報知長老道：「大木已到井了，請長老去拜受。」長老大喜，連忙著了袈裟，親走到草殿上，與眾匠工佛前拜了。然後喚監寺糾集眾匠工，到了井邊來扯木，監寺也只付之一笑，但是長老吩咐，不敢不來，及到了井邊一看，那有個木頭的影兒，監寺要取笑長老，也不說有無，但請長老自看；長老走到井邊低頭一看，只見井水中間，果然露出一二尺長的一段木頭在水外。

長老看見滿心歡喜，又鋪毡條，對著井拜了四拜，拜完，對著濟顛說道：「濟公真真難爲你了！」濟顛道：「佛家之事，怎說難爲？但只可恨這班賊禿，看看木頭，叫他請人工扯扯，爲何尙不肯動手？」長老叫監寺道：「大木已到，爲何還不動手？」監寺慢慢的走到井邊，再一看時，忽見一段木頭高出水面，方吃了一驚，暗裡想道：「濟顛的神通，眞不可思議矣！」忙命匠工繫下去，將繩上的鉤子，鉤在木上，然後命匠工在轉輪上扯將上來，扯起來的木頭，都有五六圍圓，七八丈長短，扯了一株，又是一株冒出頭來，長老向濟顛問道：「這大木有多少夥數？」濟顛道：「長老不要問，只叫匠人來算一算，要用多少，只管取，若夠用了，就罷，也不可浪費。」長老因叫匠人估計，那幾顆爲樑，那幾顆爲柱，到六七十顆，匠人道：「已夠用了。」只說得一聲夠了，井中便沒有冒起來了。合寺僧眾皆驚以爲神。這淨慈寺自有了這些大木，不一二年間，殿宇樓臺，僧房方丈，已造就得齊齊整整，比前更覺輝煌。

這一日濟顛正在雷峰塔下水雲間中，同常長老兩個吃酒，忽見寺裡的火工尋著來道：「長老叫我尋你吃酒，快去快去。」濟顛聽是長老尋他，遂別了常長老，忙忙回寺，來見長老道：「火工說長老呼喚弟子，不知有何法旨？」長老道：「我見寺院已次第將成，心下稍安，故買酒請你，不道你已吃了酒來，不知你還吃得下否？」濟顛笑道：「我聞昔日孔聖人有言：『食不厭精，膾不厭細。』我前日已爲佛家添了兩句道：『酒不厭多，吃不厭醉。』有便即請拿來，怎麼吃不下？」長老聽了大喜道：「酒尚未飲，早已參破真禪，妙妙妙！」叫侍者取出酒來，濟顛見了酒，就像未曾吃過的，拿上手甜甜蜜蜜又是十餘碗，一面吃，一面說道：「寺中多虧請得長老來作主，叫我相幫，今已成個模樣，只有兩廊影壁，尚未曾畫，是個未了，弟子放心不下。」長老道：「你既放心不下，何不再化一個顯宦，成全了也好。」濟顛道：「長老可叫個監寺取出緣簿來查查，看臨安顯宦還有何人，不曾布施？」監寺查來查去，只有新任王巡撫，未曾布施。濟顛道：「未曾布施，等我去化他，必要他喜捨三千貫，爲畫壁之用，方才饒他。」長老聽說，皺著眉搖頭道：「這官萬萬不可去纏他，不但不肯布施，只怕還惹出禍來。」濟顛問道：「這是爲何？」長老道：「你還不知，我聞得此官，原是個窮秀才，未得第時，常到寺院裡投齋，每每被僧人躲避，不供齋飯，及戲侮他，他所以大恨和尙，曾怒題寺壁道：『遇客頭如鱉，逢齋項似鵝。』這等懷恨，去化何益？」濟顛道：「不妨事，他偏懷嗔，我偏要去化他！」

眾僧勸不住，濟顛竟帶著酒興，瘋瘋顛顛，一逕走到巡撫府前，遠遠立在宣化橋上，探頭探腦的張望，卻值王巡撫坐在廳上，看見了大怒道：「我一個憲府，甚麼僧人竟敢這等大膽，在此探望！」遂吩咐衙役：「捉他進來！」那三四個衙役領命，一齊走到橋上，將濟顛一把捉住，到廳上跪下，巡撫拍案大罵道：「你這禿驢怎敢大膽，立在我府前外橋上探腦的張望？」濟顛道：「大人的衙門外，大家可以站，爲何只有我不可在衙門外站一站？」巡撫拍案罵道：「大膽！」濟顛道：「怎麼！我這一站就是大膽？」巡撫道：「你還強辯！別人稍站便走，而你這丐和尙不僅站了半天不走，還探頭向內張望，難道這不是大膽？」濟顛道：「小僧因要求見相公，怕無人肯通報，故不得已在此張望。」巡撫道：「你有何事要來見我？」濟顛道：「聞知相公惱和尚，故特來解釋！」巡撫道：「你何由知我惱和尚，你又有些甚麼解釋？」濟顛道：「小僧也不敢解釋，只有一節因緣，說與相公，求相公自省。」巡撫道：「你且說來，說得好，免你責罰，說得不好，加倍用刑！」濟顛道：「昔日蘇東坡與秦少遊、黃魯直、佛印禪師，四人共飲，東坡行下了一道命令，要大家作對子助興，作對子的重點：前面一句是要一件落地無聲之物，中間二句是要有兩個古人，最後要結詩二句，要說得有情有理，又要貫串，如不能者罰。」那時傍邊看的人，都替濟顛耽憂。濟顛卻不慌不忙的，屈著指頭道：相公聽著：「

蘇東坡說道：『筆毫落地無聲，抬頭見管仲，管仲問鮑叔，因何不種竹？鮑叔曰：只須兩三竿，清風自然足。』

秦少遊說道：『雪花落地無聲，抬頭見白起，白起問廉頗，如何不養鵝？廉頗曰：白毛鋪綠水，紅掌戲清波。』

黃魯直說道：『蛀屑落地無聲，抬頭見孔子，孔子問顏回，因何不種梅？顏回曰：前村深雪裡，昨夜一枝開。』

佛印禪師說道：『天花落地無聲，抬頭見寶光，寶光問維摩，僧行近如何？維摩曰：遇客頭如鱉，逢齋項似鵝。』」

王巡撫聽了，打動當年心事，忍不住大笑起來道：「妙語參禪，大有可思！且問你是那寺僧人？叫甚名字？」濟顛道：「小僧乃淨慈寺書記，法名道濟的便是。」王巡撫大喜道：「原來就是做榜文，叫通天耳的濟書記，果是名下無虛，快請起來相見！」重新相見過，就邀入後廳，命人整酒相留，巡撫親陪，二人吃到投機處，濟顛方說道：「敝寺因遭風火，今蒙聖主並宰官之力，重建一新，惟有兩廊影壁未完，要求相公慨然樂助。」巡撫道：「下官到任未久，恐不能多，既濟師來募，自然有助。」因天色已晚，就留濟顛宿了。到次早便整辦俸鈔三千貫，叫人押著，送到淨慈寺來，濟顛方謝別安撫，一同回寺，不知後事如何？且聽下回分解。

濟公活佛評述

一、我為了給長老起信，醉後即提筆寫了一道榜文，長老見此榜文甚為高興，讚道：「大有文章，不是蓋的！」便將榜文掛在山門，讓過往行了見了能發心布施，好重蓋淨慈寺。事後，雖日日有人送錢糧布施，但杯水車薪，救不得這遍大火，我道：「要化個大施主，非布施上千上萬不行！」遂叫人另抄一份榜文以備……。

二、掛文將七日，我大顯神通，夜裡闖入皇上夢中化緣，那夜皇上夢遊西湖之上，看見諸佛菩薩，俱露處淨慈寺中，並見山門上一道榜文，文內又有「上叩九閽，直欲叫通天耳。希一人發心，冀萬人效力……」之句，正暗示天子須行此善舉。皇上醒後派人來訪，果然夢中非幻，確有此事，龍心大喜，慨施三萬貫錢。濟顛，神通廣大，具有先知，故耍此一筆，讓天子也親近佛法，種下菩提善根。

三、各官府財主見皇上布施三萬貫，也爭先恐後，齊慷慨布施，一時萬物雲集，米糧充裕，眾僧大喜，正是：

失去淨慈寺，換得糧銀庫，
錦上添花有，雪中送炭無？

四、萬物齊備，獨缺建寺大木樑，松長老心中悶悶，匠人又道：「要此等大木，四川才有。縱四川買了，要運到此處，又無貨櫃車，也沒怪手拖，如何辦？」我道：「既有心做事，天也叫開了；四川雖遠，不過只在地下。」正是：

精誠所至，金石為開；
西天雖遠，家住如來。

五、我自甘負責到四川採購木樑一事，喝醉了酒，睡了三日才醒回來？長老問道：「那裡去？」我道：「採購去！」又問：「如此自告奮勇，莫非貪圖回扣？有無被木材商請到酒家喝酒去？」濟顛道：「回扣倒無，喝酒卻有，但都出酒吐光了，不算貪污？」害長老無法處置！

六、胡言醉語，一覺醒來，卻若有其事，大呼木材已由海底運來，在大殿前的「醒心井」中，此井與海相通！聽了這些，莫非神話連篇？非也，人身有個「醒心井」，海底在屁下，有尿水、糞土，這個方便之門，長有一大棟樑本根，上可樹為龍柱（脊髓骨），下可通達九幽冥府。人心一醒，精不洩，氣不散，自可造個七層塔，再加上幾根「排骨架」（鷹架），即成了。

七、不多不少，六七十柱已可作棟樑，不貪即止，免本的也須節制，公司的電話少打！

《第十五回》顯神通替古佛裝金 解冤結遇死人走路

話說王巡撫將三千貫鈔，差人同濟顛押送到寺。長老與眾僧，那一個不喝采道：「化得這位宰官的錢，真要算他的手段！」一面準備齋點款待來人，打發了回去，一面就請畫師，來將兩廊與影壁作畫，不幾日俱已畫完。長老與濟顛商量道：「如今諸事俱已齊備，只有上面的三尊大佛，不曾裝金，雖也曾零星化些，卻換不得金子，幹不得正事，奈何？」濟顛道：「這不打緊，長老若將零星布施買酒來請我，我包管你裝這三尊大佛的金子是了。」長老道：「既是濟公肯擔當這裝金的布施，現在任你買吃可也。」濟顛大喜道：「既說明了，快快買來，待我吃得醉了，明日裝金，也好裝得厚些。」長老大喜，隨叫收貯僧，取出裝金的布施來，買酒請濟顛吃，濟顛吃得大醉，竟去睡了。到明日，知裝金的布施錢還有，又要來吃，收布施的僧人，因是長老吩咐，便又買了請他，今日也吃，明日也吃，吃到十數日，前邊的布施已吃完了，後面人聽見裝金的布施，都是濟顛買酒肉吃完了，便不肯布施。濟顛罵道：「酒已沒有了？」監寺因對濟顛說道：「你吃裝金的布施錢，原說裝金就包在你身上，今布施已吃完了，不見你裝一片金兒；故人不信，必不肯布施。你既有手段裝金，何不先裝起一尊來，與人看看，人見了真是實事，便布施下來，只愁你吃不完哩！」濟顛道：「你也說得有理，如今你可先墊出些銀子，買兩壺酒來，待我吃醉了，好裝金。」監寺聽見他說吃醉了就裝金，沒奈何，只得叫了人買了兩壺酒來與他吃，濟顛吃得不醉，又要監寺去買，監寺買來，濟顛又吃完了，還不大醉又要買。監寺道：「你吃了三壺，已醉得模模糊糊，怎只管要吃，這酒我是挪移銀子買來的，那裡有得許多？你且裝起金來，再請你也不遲。」濟顛道：「不是我苦苦要吃，但三尊佛，法身甚大，要許多金子，若吃得不盡醉，裝起來，酒醒了，剩下些裝不完，便費力了。莫若再買一壺來，待我吃得爛醉，便裝個一了百了，豈不妙哉？」監寺聽了，只認他說鬼話騙酒吃；因而硬回他一句道：「現也沒錢得買了，你也吃得夠了，就裝不完，多少剩下些，再化人裝完，你且快裝起來看看。」濟顛道：「既是這等說，今夜我到大殿上去睡。」

此時大殿新造得十分整齊，監寺怕他踐污，便道：「大殿上如何睡得？」濟顛道：「佛爺在大殿上我不去料理，卻怎麼裝金？」監寺沒法，只得叫管理香火拿了舖蓋，同他到大殿上去。濟顛叫管理香火的將當中佛桌上的香爐燭台，都收開了，把舖蓋放在上面，又吩咐監寺道：「可將殿門閉上封好了，不許一人窺探，若容人窺探，裝不完時，卻休怪我。」吩咐畢，竟在供桌上打開舖蓋，放倒頭酣酣的睡去。監寺見他屢屢有些妙用，不敢拗他，只得將殿門閉上，凡是看得見裡邊的竅洞，都用紙頭封好。

此時天已近晚，眾僧放心不下；俱在殿門外探聽消息。初時一毫影響也無，首座道：「不見響動，定是睡熟了；似此貪眠，怎麼裝金？」執事僧道：

「且莫說貪睡，看他光光一個身子，金在那裏？」有的道：「都是長老沒主意，信他胡言！」你也說說，我也講講，將交三更，忽聽得殿裡嘔吐之聲大作。監寺聽了，連連跌腳道：「不好了！我叫他少吃些，只是不肯住手。如今在供桌上吐得骯骯髒髒，成甚模樣！裝金之事，又是一場虛話了。」歇不多時，那嘔吐之聲忽然大作。眾僧道：「罷了罷了！休要裝甚麼金，快把門打開，早早請他出來，還省些時收拾。」監寺道：「既是吐污的，索性再耐他半個時辰，等他出來，羞他一場，使他沒得說，連長老的嘴也塞住了；倘開早了，他未免又借此胡賴。」眾僧道：「也是，也是！」又捱了一會，又聽得殿中嘔吐之聲更響，眾僧俱各氣忿不過，忍耐不住，定要開門。監寺禁約不住，只聽他們將殿門開了，不開猶可，及開了一看，只見三尊大佛，渾身上全照得耀眼爭光，十分精彩，那濟顛抱著西邊的大佛，在那裏乾吐，供桌上下，那裏有一點污穢？濟顛早跳下來，埋怨監寺道：「我說酒不夠，叫你再買一壺，吃足了便好成全大事。誰知你十分鄙吝，苦苦的捨不得，如今右邊大佛右臂，還有尺餘沒有金子裝，你若聽信我言，再捱一刻開門，苦著我嘔腸空肚，或者裝完他未可知。你又聽憑他們開了門進來，如今剩下這尺餘，怎麼辦？我須與長老說明，不要怪我辦事不週。」監寺見他如此神通，方連連認罪道：「是我不是了。」遂報知長老，長老大喜，忙忙起來，淨了手面，穿上袈裟，走到大殿上來，職事僧撞鐘擂鼓，將合寺僧眾集齊了，一同瞻禮裝金的佛像。眾人看見金光奪目，比尋常的金，大不相同，無不讚嘆神異。及看到右邊佛臂上，少了尺餘金子，問知是酒買少了，兼開早了門之故。長老大怒道：「罰那監寺賠出銀來買金裝完！」

監寺沒奈何，只得買了金子，叫匠人賠裝上去，卻是作怪，任你十足的黃金，裝在上面，比著別處少覺得暗淡而無光，到了後來，惟有此處脫落，餘俱不壞，方知佛法無邊，不可思議。正是：

不是聖人無聖跡，若留聖跡定非凡；
禪參幾句糊塗語，自認高僧豈不慚？

一日濟顛到九里松去閒遊，適有一個財主家，蓋造三間廳房，正待上樑；看見濟顛走過，知他口靈，便邀住了，求他說兩句吉利的佛語，討個好采頭。濟顛道：「佛語儘有，只要酒吃得快活，說來方才靈驗。」那財主忙叫人搬出酒肴，儘他受用，濟顛一連吃了十三四碗，有些醉意，便叫道：「吉時已到，快些動手！」，眾匠作聽了，忙忙將樑抬起安放停當，濟顛高聲唸道：

今日上紅樑，願出千口喪；
妻在夫前死，子在父先亡。

濟顛唸完，也不作謝，竟一直去了。那財主好生不悅道：「這和尚原來無賴，我好好將酒請他，要他說兩句吉利話兒，他卻是說喪說亡的，這等可惡，方才該扯住了罵他一場才好。」那工匠中有一個老成的道：「這和尚句句是吉利之話，你怎反怪他？」屋財主怒道：「死亡怎說是吉利？」工匠道：「你想想看，這三間廳屋裡，若出千口喪，快也過得幾百年了。妻死夫前，再無寡婦了。子在父亡，永不絕嗣了。人家吉利莫過于此，還不快追他回來拜謝！」那

屋主聽了，方才大悟，急急叫人追去，已不知往那裏去了。

那濟顛走到一家餛飩店前，店主認得是濟顛，便邀入店中吃一碗茶，濟顛吃完了道：「我承你請我一團好意，沒甚報答，你取筆硯來，待我將『餛飩』爲題，做幾句寫在壁上，與人看看也好。」店主忙取筆硯來，濟顛提起筆來寫道：

外象能包，中存善受。擀出頑皮，捏成妙手。我為生財，他貪適口。砧凡上歎免碎身，湯鑊中曾翻觔斗。捨身只可救饑，沒骨不堪下酒。把得定，橫吞豎吞；把不定，東走西走。記得山僧嚼破時，他年滿地一時吼。

濟顛方才寫完，忽一個後生，滿臉焦黃，剛走到店門前，一跤跌倒了，看看已是沒有了氣。店主驚得手腳無措，連連頓足道：「這個無頭人命，那裏去辦？」濟顛道：「不要慌，待我叫他去了罷！」遂向死人作頌道：

死人你住是何方？為何因病喪街坊？

我今指你一條路，向前靜處好安藏。

唸罷，只見那死人一骨轆子爬將起來，竟像活的一般，又往前奔，直奔嶺腳下，又跌倒死了。店主並四鄰的人看見，喜之不勝，感激不盡！正要作謝，濟顛乘空早一逕走了。走到「萬工池」前，見一夥人在那裡吃螺螄，將螺螄屁股來斷，用一個棘針兒挑那肉吃；濟顛見了唸一聲：「阿彌陀佛！」即說：「有甚滋味？害這許多性命，捨與貧僧放了生罷！」濟顛說畢，眾人笑道：「老師父不要取笑，夾去屁股的死螺螄，怎麼放生？」濟顛道：「若不肯即是死的，若肯放就沒屁股，也是生的，生死只在你眾施主一轉念間。」眾人將吃的螺螄，都遞給濟顛，道：「既是這等說，我們願施捨，請老師父放個活的與我們看看！」濟顛接在手中，一齊拋在池中，口中念道：

螺螄螺螄，亦稟物資；命雖微賤，性豈無知！縱不幸遇饞人，而死於鼎鑊；豈無緣仗佛力，而生汝於清池。莫嫌無屁股，須識是便宜。

咦！自今重赴清泉水，好與魚龍一樣游。

眾人臨池一看，只見那些死螺螄，依舊悠悠然然的活了，不勝驚訝，回轉身來，要問濟顛緣故，那濟顛已不知那裏去了。故至今相傳，萬工池中的螺螄是沒屁股的，傳爲古蹟，正是：

慘毒是生皆可死，慈悲無死不堪生；
總推一命中分別，莫盡誇他佛法靈。

忽一日，濟顛偶在寺門前只見陰雨密布，雷電交作，有一後生，奔至寺來躲雨。濟顛將法眼看去見他頭上已插了該殛之旗，因問道：「你姓甚麼？做何生意？家中還有何人？」那後生道：「我姓黃，在竹竿巷糶米，家中還有八十歲的老母。」濟顛道：「你平日孝順麼？」後生道：「生身之母怎不孝順？」濟顛道：「你既孝順，爲何該遭雷打？皆因前世，造假銀害了人命不少，也罷，我且救你！」遂引後生進至方丈室，擺正一張桌子，叫後生躲在桌下，自己脫下所穿的衣服，替他四面圍著，卻赤身盤膝，坐在桌上，候那天雷交加之際，唸頌道：「後生後生！忽犯天焚。前生惡業，今世隨身。上帝好生，許汝自新，我今救汝，歸奉母親，好修後來，以報前恩。諸惡莫作，眾善奉行。」頌訖，只見那雷電繞轟三次，無處示威，只空響一聲，把那階前的一株松樹，打得粉碎。後生躲在桌下魂都嚇散了，只等那風雨止，雷聲息，才敢出來，叩謝濟公救命之恩而去。正是：「雖仗佛威，不使佛力，起死回生，雷神消跡。」

一日，濟顛正在打盹，忽有一個老兒，拿著一片香，來尋濟顛書記。有人指說在雲堂裏打瞌睡，那老兒竟入雲堂。濟顛聽見腳響，打開眼一看時，只見老兒在胸前取出一片香來，向著濟顛下拜道：「小人乃是老劍營街鴉頭藍月英的父親，不幸女兒月英身故，安排明日出喪，到金牛寺門前焚化。求老師恕他罪孽深重，與他下一把火，超度超度。」濟顛允了。次日，叫一條小船，渡到石巖橋口上岸，只見那送藍月英的親眷都來了，把棺材抬到金牛寺前放下，藍老兒遂請濟公下火。濟顛道：「你要我下火，把幾串錢與我。」老兒道：「已安排百串在此相謝。」濟顛道：「不消百串只用五串錢，買幾瓶酒來喫了方好下手。」藍老兒即刻去抬幾罈酒來，濟顛喫了，手執火把，高聲唸道：

綠窗曾記畫娥眉，萬態千嬌誰不知？到此已消風月性，今朝剝下野狐皮。藍月英，藍月英，賦姿何妍，作事何醜？鴛鴦枕上，夜夜生財；雲雨場中，朝朝配偶。只知嬌麗有常，不料繁華不久。一日浪子覺悟，方知色即是空；忽然花貌凋零，始覺無來有去。山僧聊借無明，為汝洗凡脫骨，此際全叨佛力，早須換面改頭。

咦！掃盡從前脂粉臭，自今以後得馨香！

濟顛唸罷，把火一下，匆匆而去。藍老兒這夜夢見女兒對他說：「多虧我爹爹，請得濟公羅漢下火化身，我今已投生於富貴人家矣！」正是：「轉移須佛力，解脫在人心；修到蓮花性，污泥自不侵。」

一日濟顛要出寺去尋酒吃，沈萬法道：「弟子偶得了一些錢在此，買瓶酒來師父吃罷，省得又去東奔西走的閒撞。」濟顛道：「今日倒不是閒撞，因有一段宿孽，要指點他們，去償還，好了消一案，恐怕錯了，便冤報不了。」說罷，一直走到飛來峰上的張公家來，張公不在家，張婆見是濟顛，便請進去坐了。說道：「濟師父，好人兒喲！我阿公去年間病痢疾，險些死了，直到如今才好，你就不記掛來看看！」濟顛道：「因爲記掛，故今日特地來望，卻又不在。」張婆便整治些酒餚請他吃，濟顛吃完了道：「我常來打擾你的，一向殊覺沒趣，明日我也做個東道，請請阿公，阿公歸來，叫他明日千萬到東花園前十字路口來尋我，我在那裏老等他。」張婆道：「怎麼好反給師父破鈔？」濟顛道：「不費事的，千萬要等！」說罷，竟回寺去了。

張公回來，張婆將濟顛的話，細細說了。張公笑道：「他和尙精著一個身子，空著一雙手，拿甚麼來請我？只怕是說醉話。」張婆道：「他說了又說，叫你千萬要去，並不是醉話。」張公道：「東花園也不遠，便空走一遭，也不打緊。」到了次日，張公真個走到東花園十字街口，四下張望，那裏有個濟顛的影兒？又等了半日，不覺肚裏餓將起來了，自肚裡埋怨道：「我老婆聽了醉話，真是直恁的愚痴，且自到麵店裡，去買碗麵吃了再回去罷！」遂走到一個麵店裡，吃了一碗麵，不覺肚裡漸漸的疼痛起來了，忙忙尋著一個毛廁，就去大解。剛剛走入毛廁，抬頭一看，不看猶可，這一看真是：「前生孽債今生了，後世冤家今世消。」畢竟張公在毛廁上，見了些甚麼？且聽下回分解。

濟公活佛評述

一、大殿既建好，壁上畫添一些花草，免得讓佛孤單。這一切皆好，尚有三尊大佛法身尚未裝金，這回我自個兒動手腳，但不飽醉，恐怕無法成事。喝得爛醉，但嫌仍少了一點，便把大門關了，外人不許偷看，一看就不能完全了。

二、只聽見嘔吐之聲大作，外邊人以為吐得滿地，污了佛相，忍不住氣，打開門隙一看，頓然大驚，那有什麼污物，見三尊佛身，已裝金裝得閃閃發光！卻被我罵道：「只因酒太少，你們量又淺，氣又浮，如今打開此門，天機已洩，吾佛全身，尚有右臂，少了尺餘金子未裝好，只怪你們自己了！」後來，雖然眾僧出資購十足黃金再裝，但其色總比我所裝淡而無光。後來，惟有此處剝落，餘俱不壞，方知佛法無邊，不可思議。

三、為何醉酒能裝金？金從那裡來？我道：「花錢買了那麼多酒，喝下肚裡這個煉金廠，酒精燃燒，錢兒還原為黃金。吃下去的，悉吐了出來，用此裝成金剛身。戲法人人會變，應用之妙，存乎一心。收些污穢錢，洗腸換肚變黃金！妙妙！」

四、財主蓋造廳房，要我說些吉利話，討個好采頭，我不客氣道：「今日上紅樑，願出千口喪，妻在夫前死，子在父先亡。」財主大觸霉頭，不知我倒在默默祝福。眾生若有喜慶，我也願意說說吉祥話，但得請我喝酒，我又不必送紅包才行！願祝

新婚美滿，舊屋拆散；

生理如意，死後不葬。好麼？

《第十六回》不避嫌裸體治癆蟲　恣無禮大言供醉話

話說那張公走進毛廁裏去，抬頭一看，只見東西旁邊矮柱上，掛著一個兜袋，用手一捏，知道是硬東西，連大便也不解了，忙解開了繩子，將袋束在腰間，忙忙走回家中。到家打開一看，卻是十錠白銀，兩口子好不歡喜。過了一夜，到次日早飯後，只見濟顛慢慢的走出來，叫聲張公：「你這時候還不出門，想是昨日得彩了？」張公道：「你好個老實人，約定請我，卻浪費了一日功夫，走到東花園來，那裏見你的影兒？要得我肚內餓不過，只得自己買麵吃。」濟顛笑道：「我雖無親自來請你，你自家吃了，也只算是我請你。」張公笑道：「這是如何算得？須是你拿出銀錢來，才算是你請我。」濟顛道：「兜袋裏的東西，不算我的，難道倒算你的？」張公張婆二人聽了，不禁大笑起來，知道瞞他不過，便道：「果然虧你指點，拾得些東西，就算你請的罷！」濟顛道：「昨日算我請你，明日還有一段因果，須是你請我。」張公道：「明日我就請你，不要又失約不來。」濟顛道：「我明日准等你。」說罷就作別而去。

到了次日，張公果真的又走到東花園前，只見濟顛已先在那裏張望。張公笑道：「好和尚！自己請人，便躲避不來，別人請你，便來得這早。」濟顛聽了大笑起來，二人攜著手，同到一個酒店裏坐下，叫酒保燙酒來吃，吃了半晌，濟顛道：「不吃了，我們且出去看看！」張公忙付了鈔，同他走出店來，早遠遠望見毛廁門上，擾擾嚷嚷，圍著許多人在那裏看，張公不知何故，忙忙走上前，分開眾人，擠去一看，只見昨日掛兜袋的那根矮柱上，有個人把條汗巾縛了頸，吊在上邊打鞦韆。張公吃這一驚不小！心頭突突的亂跳，忙走出來，悄悄的對濟顛道：「東西雖得了，但這個罪首，如何當得起？」濟顛道：「只管放心，一些罪過也沒有。」張公道：「他準是爲失銀子吊死，雖然不是我偷他的，卻現是我拾的，怎不罪過？」濟顛道：「你不知有一段因果，你前世是個販茶客人，這人是個腳夫，因欺你是個孤客，害了你的性命，謀了你五千貫錢；故今世帶本利送來還你，這吊死是一命償一命。自此以後，與你兩無冤業，因此我昨日叫你來收這宗銀子，以結前案，省得被他人拿去了，後日又冤纏不了。」張公聽了，才放下心，相別而回家去了。

那濟顛獨自一個走入城來，信著腳走，到清和坊王家酒店門口，那店主人每當見了濟公，便歡歡喜喜的嘶叫，這一日全不睬著。濟公道：「我又不來賒你的酒吃，爲何裝出這樣嘴臉來？」店主人聽見有人訴說他，方定了神，看見是濟顛，連忙賠罪道：「原來是濟師父，小人因有些心事，出了神去，竟不曾看見，師父莫怪，且請裏面坐一坐。」濟顛道：「你心下有甚事，這等出神？」店主人說：「不瞞師父說，小人有個女兒，今年十九歲，甚是孝順，不期害了一個怯症，已經半年，日輕夜重，弄得瘦成枯骨，醫生也不知請過多少了，只不見效，恐怕是個死數。老妻又日夜啼哭，故小人無可奈何，心中惱恨，一時出了神去，不曾看見師父。」濟顛道：「這個叫癆症（肺病），你肯教女兒同我坐一夜，包管她就好。」店主人道：「小人的女兒，已是個死人一般，師父又是一個真僧，這又何妨？」濟公道：「你既說不妨，我包你醫好，但快將好酒來吃，吃得爽快，好得爽快！」店主人久知濟公行事，多有靈感，連忙拿出酒來請他吃。那濟顛一踠一碗，吃得亂醉如泥，直吃得十七八碗，見天色已晚，方吩咐店主人，叫他將女兒臥房內，四圍的窗戶壁縫，都用紙糊得密密的，不許透一點風氣。將香湯替女兒身上洗得潔潔淨淨的候著。自家又是吃了三五碗，吃得亂醉如泥；然後走入店主女兒的臥房內，將房門關得緊緊的，自己卻坐在床上，脫去身上衣服，露出了個精脊背，叫那女兒也脫了身上衣服，露出脊背來，與他背貼背，手勾手而坐，一面口裏又念道：

癆蟲癆蟲，身似蜜蜂，鑽入骨髓，食人血膿。
患者莫救，醫者難攻，運三昧火，逐去無蹤。

那女兒被濟顛勾著手，背貼背的坐著，初時不覺，及至坐久了，濟公的三昧真火發將起，燒得那些癆蟲，在女子脊背中攢上攢下，沒處存身，女子被癆蟲攢得又痛又癢，只想將脊背拆開，濟公將兩隻手反勾緊了，略不放鬆。直坐到五更，濟公的真火愈旺，那些癆蟲熬不過，只得從鼻子中飛了出來，那女子就一連幾個噴嚏，濟公已知是癆蟲飛出，連忙放了手，急急下床來捉時，不意窗外有個人，將窗紙舔破了偷看，癆蟲就乘隙處走了，又遺害別人。濟公十分怨恨，開了房門出來，對店主道：「你女兒得了我三昧真火，運起元神，不但癆蟲驅出，自此百病不生了。」店主人夫妻二人聽了，好不歡喜，伏在地下僕僕拜謝，又不及待的取了酒來，加兩樣蔬菜，濟公又吃了十餘碗，作別出門。

回到寺中來，剛是陳太尉因日前濟公訪他，府中有事，不曾留得他，今日特意整治了一對鴿子，一罈美酒，差人送到寺中請他。誰想那個差人，也是個好酒的，走到半路上，聞著這酒香，忍不過，就借人家一隻碗，倒了一碗酒，揭開了蓋，又偷下一隻鴿子翅膀來，一齊吃在肚裏，吃得快活。暗想道：「就是神仙，也不知道。」及走到寺中，恰遇著濟公回來；遂將酒與鴿子交與濟公，道了太尉之意就要別去。濟公道：「你且略坐著，好讓我倒出，以便將空盒子帶回去。」就叫沈萬法去取出一隻碗，一雙筷子來，將碗兒盛酒，就用筷去來那鴿子肉來下酒，不一時，酒也吃完，鴿子肉也吃盡，那差人就要收了盒子酒罈回去。濟公道：「你且慢著！偷了多少酒，入肚無贓，也就罷了。只是那隻鴿子肉，少了一隻翅膀，卻是怎說的？」那差人見濟公將鴿子肉吃盡，那裏去查賬，便嘴硬道：「酒是走急了，在路上撞潑些，也未可知。這鴿子，是老師父全部吃下肚裏去，怎說這話來冤枉我？」濟公道：「你說冤你麼？還有個證見，你且帶回去！」遂走到階前，仰面向天嘔道：「鴿子鴿子出來罷！」只見喉嚨裏呱呱有聲，忽飛出兩隻鴿子來，一隻翅膀是全的，便飛在空中去了；一隻只有半邊翅膀，飛不去，只在階前跳來跳去，濟公對著差人道：「你見到嗎？如今還是冤你不成？」差人見濟公如此神通，嚇跪在地下，只是磕頭道：「小人該死了，只求老師父方便罷！」濟公笑一笑，向那鴿子作頌道：

兩隻翅膀，一翅單飛；
雖然吃力，強足濟饑。

頌罷，那鴿子將一隻翅膀振一振，突然飛去，正是：

不可思來不可議，玉手為之宛遊戲；
始知菩薩一點心，俱要普為萬物利。

又一日，濟顛出門閒走；遇見一個畫師，扯著他道：「我昨日一時高興，偶畫了一幅喜神在此，你可細看看卻像那個？」濟公同他走進去一看，大笑道：「醜頭怪面，倒像我的嘴臉，我又無錢送你，爲何替我畫了出來？」畫師道：「我感你做人好，故白替你畫了。但是你須自家提幾句，在上面方好看。」濟顛道：「這個容易。」遂討出筆硯來，磨得濃墨，提起筆來寫道：

面黃如臘，骨瘦如柴；
這般模樣，只好投齋，

也有些兒詫異，談禪不用安排。

濟顛題罷，謝了畫師，遂拿了軸子，一逕進城，到徐家裱畫舖來央他裱畫。徐原是淨慈寺的主顧，又與濟顛相好，千歡萬喜的，留他吃酒，濟顛也不問長短，直吃到亂醉如泥，方才出門。腳高步低，東一歪，西一撞，方走到清和坊，早一跤跌倒在地，爬不起來，竟閉著眼睡著了。

卻值馮太尉的轎過，前導的衛士見了，忙吆喝他起來。濟公道：「你自走你路，我自睡我覺，干你甚事？」兩下正在爭嚷，太尉的轎早到面前，喝罵道：「你這和尚係是出家人，怎如此無禮！」濟公道：「我多吃了一碗酒，一時走不動，在此暫睡睡，你問我怎的？」太尉大怒道：「你一個和尚，就敢頂撞我駕，且管你一番！」吩咐四五個衛士，將濟顛扛到府中堂廳放下，喝道：「你這和尚，既入空門，須持五戒，卻貪酒顛狂，醉臥街坊，怎說無罪？」叫徒人將紙筆與他，問他是何處的僧人？有何道行？可實實供來！濟顛接了紙筆寫供道：

南屏山淨慈寺書記僧道濟，幼生宦室，長入空門。宿慧神通三昧，辯才本於一心，理參無上妙用不窮。雲居羅漢惟有點頭，秦州石佛自難誇口。賣響卜也吃得飯，打口鼓儘覓得錢。倔強賽過德州人，蹊蹺壓倒天下漢。尼姑寺裏談禪機，人都笑我顛倒；娼妓家中說因果，我卻自認瘋狂。唱小詞，聲聲般若；飲美酒，碗碗曹溪。坐不住禪床上，醉翻觔斗戒難持；鉢盂內供養昏兒，袈裟蕩子盧婦皆知。好酒顛僧，禪規打倒；圓融佛道，風流和尚。醉昏昏，偏有清閒；忙碌碌，向無拘束。欲加之罪，和尚易欺；但不犯法，官威難逞。請看佛面，稍動慈悲；拿出人心，從寬發落。今蒙取供，所供是實。

濟顛寫完呈上，馮太尉雖不深知其妙，但見他揮灑如風，暗自驚喜，及見他名字是「道濟」，方驚說道：「原來你就是淨慈寺的濟書記，但我同僚中，都說你是個有意思的高僧，爲何這等倒街臥巷？莫非是假的，我聞濟和尚做得好詩，你且做一首招供詩來我看，便知真假。」濟公道：「要做詩是一發容易。」遂提起筆來，題詩一律道：

削髮披緇已有年，惟同詩酒結姻緣；
坐看彌勒室中戲，日向毘盧頂上眠。
撒手便能欺十聖，低頭端不讓三賢；
茫茫宇宙無人識，只道顛僧擾市廛。

題畢呈上，太尉大喜道：「好詩好詩！想真個是濟顛僧了。但今日有此一番，不便加罪，叫左右且放他去罷！」濟顛哈哈大笑道：「我和尚吃醉了，沖撞了太尉，蒙太尉高情放了，只怕太尉查不出『玉髓香』，朝廷未必肯輕易放你哩！」太尉聽得濟顛說出『玉髓香』三字，驚得呆了半晌，連忙問道：「這玉髓香，濟師莫非知道些消息麼？」濟公又笑道：「貧僧方才供的，賣響卜也吃得飯，這些小事，怎麼不知？」太尉聽見他說知道，滿心歡喜，連忙走下座來，將濟顛親自扶起重新見禮，分賓主坐下，問道：「濟顛既知，萬望對學生說明！」濟顛道：「貧僧一肚皮的酒，都被太尉唬醒了，清醒白醒，說來恐怕不準！除非太尉布施，還了貧僧的本來面目，或者醉了，反曉得明白。」太尉沒奈何，只得吩咐當值的，整治酒餚出來與他吃。正是：「禪機不便分明說，假作糊塗醉裏言。」畢竟不知這玉髓香有甚來歷？濟顛曉得馮太尉就這等著忙？且聽下回分解。

濟公活佛評述

一、張公毛廁撿得錢，原是收回前世債，無奈害得失錢者上吊身亡，張公只喊：「罪過！」我道：「他是前世害你的凶手，奪你錢財的腳夫，今世本利相還，他也落得輕鬆，吊在毛廁上盪鞦韆，借此一了笨重包袱，好叫明白因果相報。」眾生啊！不貪詐、莫淫邪，免得來世不回家！

二、王家酒店親切招呼道濟，說是我家女兒，今年十九歲，害了重病，弄個瘦成枯骨，群醫束手，都說是：「死症。」我道：「這是肺癆，我來醫保好！」夜裡喝得爛醉，叫他女兒裸體坐在床上，我也脫去身上衣服，背貼著背手勾手而坐，如此親熱幹啥名堂？我發起三昧真火，燒得那些蟲魂飛魄散，從女子鼻中逃命去，病果然痊癒，又受了真氣貫注，神足氣壯，酒店主人五體投地，感謝不盡了！

三、有道：「僧人光身與裸女同床靠背，真是敗壞佛門清規！」我道：「光明磊落，袒裎相見，一見本來面目，原來是一具醜陋身子，何足貪戀？癆病可畏，豈敢萌起色念！一念淫心起，百萬癆蟲入，不敢不敢！況五癆七傷，皆源於七情六慾，世人務必戒色養身矣。」又問：「世人可以學此法乎？」我道：「未有如是定力，切莫學此柳下惠，否則醫生成病人，無藥可救！」又問：「如此露體相背，肌膚之親，是否已破佛戒？」我道：「背著病骷髏，走在鬼山坡，我佛慈悲，好事多做，不但未破戒，還獲得功德多！不動心性，美女在旁有何妨？身雖在家，神魂飄蕩，盡想美色，才具罪狀！老神在在，絕不傍徨，不像世間的馬殺雞，不必驚慌！」

《第十七回》 死夫妻訂盟後世 勇將軍轉蠢成靈

話說這玉髓香，乃是三年前，外國進貢的一種異香，朝廷取來燒過了，就吩咐馮太尉收好，太尉奉旨就收放在寶庫中第七口櫃內。到了上年中秋夜，皇上聖體不安，皇太后取出來燒了一些祈求上天保佑，又隨手放在內庫的第三口櫃內，皇上不知。因今要燒這香，原叫馮太尉去取，太尉走去取時，已不見了，心中慌忙不敢回旨；故私自出來求籤問卜，恰遇著濟公，氣惱頭上，正要將他出氣，故有此一番審問。今見濟公說出他的心事，怎麼不驚？又聽見說他知道消息，怎麼不喜？只得備酒請他，求他說出。濟公直吃到爛醉如泥，方慢慢的說道：「這香是舊年中秋夜，皇太后娘娘因祈保聖安，取出來燒了，就便放在內庫第三口櫃內，你為何問也不去問一聲，卻瞎悶悶的亂尋？」說罷竟辭別而去。那馮太尉半信半疑，即飛奔入朝去查，果在內庫第三口櫃內，連皇太后娘娘也忘記了，方信濟顛竟是未卜先知的一尊活佛。

那濟公一日在湖上閒行，忽見許多人簇擁著兩口棺材，遠看又似一起，又像兩起，又見幾個少年好事的，三三兩兩的在那裏議論。濟公聽一聽，原來前面一口棺材，是王員外的兒子王宣教，後頭又一口，乃是陶斯文的女兒陶秀玉，二人郎才女貌，私相愛慕，暗裏往來，一個願娶，一個願嫁，誓不他適，後來兩家曉得了，說他們不端正，逼令別行嫁娶，二人拗不過父母，又不忍負盟，遂相約了逃出湧金門，雙雙投湖而死。兩家悔恨不及，只得各自撈起，各自買棺盛殮，各叫人抬去燒化，眾人把這事當做新聞，在那裏說。濟公挨向前去說道：「若是這段因果，他二人心還未死，只怕燒他不著，除非我方可燒化得著。」

眾人聽了，那裏肯信，可是王宣教的棺木，抬在興教寺；陶秀玉的棺木，抬到金牛寺，兩處舉火燒，果然盡皆燒不著，兩家父母各自驚駭，不知何故。又有那個好事的，將濟公的話，傳到那兩家的父母耳裏，兩家只得央同眾人來請濟顛。濟顛道：「要我下火也不難，但酒是少不得的。」兩家父母道：「有酒在此，聽憑師父去吃就是。」濟公先同到興教寺，陶員外忙取出酒來請他，濟公一連吃了七八碗，方對眾人道：「他二人前世原是一對好夫妻，只因口不好，破了人家親事。故今生父母不遂其願，但二人此一死，雖說是情，卻有些氣節，後世必然仍做夫妻，你今將他兩處燒化，如何肯心死？待貧僧與你移來合化，方可完前後姻緣。」王陶兩家聽他說明因果，不敢違背；遂叫人將陶秀玉的棺木也抬到興教寺一處，濟顛手執火把，作頌道：

今生已死後生生，死死生生總是情；
既死水中全不怕，定然火裏也無驚。
移開兩處心留恨，相傍成灰骨也榮；
漫道赤繩牽不住，蓋棺而後忽親迎。

咦！

憑此三昧火光，認取兩人面目。

唸罷舉火，燒得烈焰騰空，只見兩付棺木中，各透出一道火光，合做一處，冉冉而去。眾人無不驚異，直待化完，王員外又要請濟公吃酒，濟公已不知走向那裏去了。

那濟公一日同沈提點打從官巷口徐裱畫門前走過，忽看見壁上裱著濟顛的畫像，沈提點近前一看，稱讚道：「畫得十分像，但贊得太少，不足盡你的妙處；況且上面空著許多白紙，何不再贊幾句？」濟公笑道：「恐怕無可贊處了。」因叫徐裱畫取下來，又寫幾句道：

遠看不是，近看不像，費盡許多功夫，畫出這般模樣。兩隻帚眉，但能掃愁；一張大口，只貪吃酒。不怕冷常常赤腳，未曾老漸漸白頭。有色無心，有染無著，睡眠不管江海波。渾身襤褸，顛倒任他塵俗氣。桃花柳葉無心戀，月白風清笑與歌。有一日，倒騎驢子歸天嶺，釣月耕雲自琢磨。

濟顛題罷，沈提點道：「如今才覺這畫像上有些精神！」遂邀了徐裱畫一齊到通津橋酒樓上去，三個人說說笑笑，直吃到傍晚方各散去。此時是八月天氣，杭州風俗喜鬥蟋蟀，那些太尉內臣，尤爲酷好，往往賭大輸贏。

卻說東花園土地廟隔壁，一個賣青果王公的兒子，叫做王二，專靠著捉蟋蟀出賣，一日五更，出正陽門捉蟋蟀，剛走到苧麻邊聽見一個在裏面叫得好，分開苧麻一看，只見一個蟋蟀兒，站在一條火赤練蛇頭上，吃了一驚，忙取塊石頭，照著蛇身上打去，蛇便走了。那蟋蟀早已跳到地上，王二忙向腰間取出罩兒來趕著罩了，再細看時，卻生得十分好，不勝大喜，急急回家，叫老婆取乾淨水浴一浴，放在盆內，將好食養過兩日，拿出來合人鬥，就一連贏了幾場，一時竟出了名。

一日王二正鬥贏了，打從望仙橋上過，正遇著張太尉喝道回家，王二手裏捧著盆兒，立在旁邊，讓他過去。可是張太尉最喜的是蟋蟀兒，見王二捧著盆兒；便吩咐住了轎，叫王二近前討看，王二將蟋蟀呈上，太尉開盆一看，見生得比尋常不同，滿心歡喜對王二道：「你把這蟋蟀賣與我罷！」王二道：「這個蟋蟀，乃是小人父親所愛的，相公要買，待小人回去與父親說了，然後送來。」太尉道：「你若肯賣，我與你三千貫錢，一副壽板。」王二謝了，忙回家與父親說知，王公道：「太尉既肯出許多東西，怎的不賣？須急急送去，不要錯過了。」王二道：「今日送去，太覺容易不值錢，明日送去罷。」遂將盆兒收進去放好，自卻出門去閒走。

卻說這張太尉見了這個蟋蟀，十分愛他，又不見王二送來，隨差一個幹辦，叫一個柵頭，同到王家討信，王公接著說道：「鬥一場贏一場，真實好個蟋蟀。」柵頭道：「人人說好，我倒從不曾見。」王公道：「待我取出來與你看看！」遂到裏面取出個盆兒來，放在桌上，揭開蓋要叫柵頭來看，不防那蟋蟀一跳跳出盆去，直跳出門外去了，三個人連忙趕出來捉，早被鄰家一隻雞子走來，一口啄將去了。王公看見氣得啞口無言，幹辦與柵頭說道：「王公好造化，三千貫錢、一副壽板，白白的送掉了。」只得去回覆太尉不題。王多時王二回來，王公料是瞞不過，只得將幹辦柵頭要看，被雞吃了之事，細細說了一遍，王二急得暴跳，把桌子一翻，碗盞盆子打得粉碎，又不可埋怨父親，心上又氣不過，只得走出來散悶。

才走到十字路口，忽撞見濟顛笑吟吟的從對面走來，向王二道：「你不必氣，若肯請我吃一醉，包管與你鄰家這隻雞兒，討還你的蟋蟀。」王二暗想道：「他怎知我的蟋蟀被雞吃了？這話甚是蹊蹺。」便道：「請你不難，聽憑老師父放量吃個大醉，但須要講明，若沒有蟋蟀還我，那時脫褊衫還酒錢，老師父莫要怪。」濟公道：「貧僧從來不打誑語，你但請放心。」王二也是個好酒的，況是心上納悶，也不管三七二十一，就同濟公到一個酒店裏去，你一碗，我一碗，直吃得稀泥爛醉，方才起身。王二醉則醉，事在心頭，臨出門還問濟公道：「酒已請你了，蟋蟀幾時還我？」濟公道：「明早五更頭，若沒有，只管來剝褊衫；若有了，卻還要請我。」王二道：「若果真有了，便再請你便了。」王二一逕回家裏，王公怕兒子嚕囌，躲在房內不出來，王二酒又醉，心又氣，跌倒在床上睡著了。

一覺到五更才醒，又聽得唧唧的叫，又驚又喜，慌忙走下床來，聽一聽，是蟋蟀在盆裏的聲音，推開窗子，放入月光來，將盆兒取到窗前，揭開蓋一看那個蟋蟀，卻好端端的宿在裏面，原來日間雞吃的乃是三尾聒子，王二看得分明，滿心歡喜，忙叫父親道：「阿父！你不要著急了，日間雞吃的，乃是三尾䗥子（蟲名），蟋蟀自在。」王公聽了道：「好呀！好呀！」也起來了，王二又將濟公許還的話說了一遍，父子二人好不歡喜，也不再睡，坐到天明，王二叫老婆收拾早飯吃了，取著盆兒，投張太尉府中來。門公報知張太尉，太尉叫王二進去問道：「昨日幹辦的來說你這蟋蟀，被雞吃了，甚是可惜，你今日莫非有個好的送來麼？」王二道：「昨日父親不知，拿出來看被雞吃的，乃是三尾䗥子，這個好蟋蟀端然在此！」

太尉大喜，取了蟋蟀，就發了三千貫錢，一副壽板與他，王二拜謝了，叫人扛了回去，果真的去尋著濟公，又請他吃了一罈酒。那張太尉得了這個蟋蟀，當日就拿去與石太尉鬥了一場，又贏了三千貫錢，一連鬥了三十餘場，場場皆勝。張太尉喜之不勝，因而替他起了個乳名，叫做王彥章，愛之如寶。不期養至秋深，大限已到，太尉真是可惜，打個銀棺材，盛了香花燈燭，供了三七二十一日，方與他出殯，請了濟公來與他下火，棺至萬家路，濟顛乃手執火把唸道：

這妖魔本是微物，只窩在石巖泥穴，時當夜靜更深，叫徹清風明月；

聒得天涯遊子傷心，叫得寡婦房中泣血。沒來由，只顧催人起貪嗔，空費盡自家閒氣力。既非是爭田奪地，又何苦盡心抵敵？一見面怒尾張牙，再鬥時揚鬚鼓翼。贏者振翅高鳴，輸者走之不及。得利則寶鈔盈千，賞功只水飯半粒。縱有金玉雕籠，都是世情空色。倏忽天降嚴霜，任你彥章也熬不得。伏此無名烈火，及早認出本來面目。咦！托生在功德池邊，相伴唸阿彌陀佛。

濟公下火畢，忽一陣清風起，在空中現出一個青衣童子，合掌當胸向濟公道：「感謝我師點化，弟子已得超生矣！」言訖不見。張太尉看見滿心歡喜邀請濟公到府中吃酒，是夜就在太尉府中住了。

到了次日，別了太尉回寺，打從王錦衣府前過，忽聽得府裏鼓鈸與哭聲，甚是熱鬧。因向管門的堂候官問其何故？堂候官道：「我家老爺中年無子，後房有十來個小奶奶，前年才生得一位公子，愛惜如寶，不期昨夜死了，請僧人在此做佛事，所以哭泣。」濟公道：「既如此，可通知說我濟顛要見。」堂候官稟知錦衣，錦衣將濟公接進去相見道：「你來得正好，我有一位小公子甚是聰明，不幸昨夜死了。我實捨他不得，你可說幾句佛語，送他入土，使他另生好處。」濟公道：「入土不如送他下火，他生在別處，不如還生在相公家裏。」錦衣道：「此時下官心緒已亂，但憑老師超度他。」濟公道：「既是如此，可速抬出來，就當廳燒了罷！不要誤了時辰，又被他人占去。」王錦衣忙叫人扛出棺材，在廳前丹墀中放下，濟公手執火把道：

小公子，小公子，來何遲，去何速？與其求生，不如傍熟。

咦！大夢還從火裏醒，銀盆又向房中浴。

王錦衣在廳上看著濟公火化，早有侍妾來報道：「恭喜老爺，第七房劉奶奶生下一位公子。」王錦衣大喜，因知濟公佛力無邊，忙命備酒請他，濟公盡量吃了一醉，方辭別回寺，不知後事如何？且聽下回分解。

濟公活佛評述

一、王員外兒子王宣教，愛上陶斯文的女兒陶秀玉，二人郎才女貌，心心相愛，卻遭雙方父母反對，逼令別行嫁娶，二人相邀投湖而死。正是：

我愛你，你愛我；生死戀，惹大禍。
我投湖，你投湖；悲慘事，全家哭。

二、人既死，不能復生。尋找短路，最是痴呆！二位戀人，人死心不死，愛得難分難捨，不甘願分開火化，還得勞我為他們說法，相合火化，才消得怨氣，灰土相依。正是：

愛的一把火，燒死兩傢伙；
生無連理枝，死願同一窩。
為何他倆有這段悲慘事，原來前世嘴巴不好，破了別人親事，才落得如今這個下場。世人啊！胡言亂語，明瞞暗騙，謊話連篇，來世一定可憐。

三、鬥蟋蟀賭錢，古代還有這門事！這隻「賭」蟲也真有辦法，鬥死別人，贏得滿身血債，但卻苦了自己，樂了主人。大限已到，勇士歸山，張太尉感激，為牠取個乳名叫「王彥章」，還鄭重其事為牠入棺祭拜，真是人不如物呢！出殯還勞老衲下火，為牠皈依說法點化，烈火之中，一陣清風，見一青衣童子現在空中，向老衲道謝：「我超昇了！」這與臺中聖德堂所著「畜道輪迴記」一書所述，完全吻合。萬物軀體不同，皆有佛性，悟者為佛，迷者眾生。世人啊！我也為你們點化吧！且聽道：

生來這一戶，死去那裡住？
玄關正字門，如來皈依處！
紫竹觀自在，菩提無根樹，
點你昏迷性，醒來自頓悟。

《第十八回》徐居士疏求度牒 張提點醉索題詩

話說濟公別王錦衣，回轉寺中，連日無事。那一日在廚房下脫下衣袍，來捉虱子，忽見一個少年居士手拿著一封書，走進來向火工問道：「我要來見濟書記，方才在方丈室中問知客說在廚下，不知那一位是？」火工道：「那位捉虱子的就是。」那位居士聽了。遂走到面前施禮道：「小人乃講西堂之姪徐道成，雖已出家數年，卻未曾披剃；故師叔特致書，求老師父開一疏簿，求一人披剃，敢望師父慈悲！」濟公接書看了道：「你既要我開疏，空口說也無用，須要買酒請我方妥。」徐居士道：「要請師父，只好酒肆中去飲三杯。」濟公道：「只要有酒吃，就是酒肆中又何妨？」忙披上僧袍，逕出山門同到王家酒店坐下，原來徐居士身邊帶得錢少，盡數先交與店家，叫他取酒來吃，濟公吃到七八碗，正還要吃，早已沒了，沒奈何只得借店家筆硯，叫徐居士取出疏簿來，信手寫道：

本是一居士，忽要作比丘；
度牒既沒有，袈裟又不周；
我勸徐居士，只合罷休休。

徐居士見了，心上大不歡喜，便問道：「我特來求師父開疏，要求施主剃度做和尚，怎的老師父反寫個罷休休？」濟公道：「酒不夠，只合罷休，你若必定要做和尚，只要請我吃個大醉，包管今日就有度牒。」徐居士無奈，只得脫下道袍來，當了兩貫錢，請濟公吃得酣然。濟公方提起筆續上二句道：

出門撞見王居士，一笑回來光了頭。

濟公題完，竟自去了。徐居士無可奈何拿了疏頭，取路向六條橋來，將到岳墳，只因心下不爽快，身上又冷，只管沉吟，不曾抬頭，忽見王太尉過，竟衝了他的轎子，早被衛士捉住。王太尉喝問道：「你是什麼人？這等大膽，敢沖本府的轎子！」徐居士跪下稟道：「小的叫做徐道成，久已願做和尙，因無度牒，故往淨慈寺求濟書記寫疏頭，募化施主披剃，不料他詐我的道袍當了，把酒吃醉了，疏頭又寫壞了，心下惱悶，不曾抬頭，故沖了相公的旌節，非敢大膽。」王太尉道：「且取疏頭來我看。」徐居士忙在袂中取出呈上，王太尉看了大笑道：「你好造化，昨日太后娘娘發出一百道度牒，要披剃僧人，尙未舉動，你實在有緣遇著。」遂將徐居士帶到府中，取出一道與他，恰恰是第一名，徐居士拜謝而出，方知濟公之妙，正是：

說時只道狂，驗後方知妙；
所以日月光，只在空中照。

一日，濟公忽然想起開生藥店的張提點，久不相見。遂至長橋乘船，到錢塘門上岸，往竹竿巷張家店中而來，見張提點的妻子在外邊；遂上前施禮，叫聲：「孺人！張提點在家否？」原來這個婦人最惱和尙，看見濟公，便放下臉來道：「不在家！」濟公轉身往外就走。那張提點忽從自屋裏攢將出來，呵呵的笑道：「我回來了！久不相會，可請坐，吃幾杯酒。」一面就走出外邊來邀他。濟公道：「酒須要吃的，我見你娘子實在有些怕她，吃不下。」張提點道：「既是這等，到市上去何如？」濟公道：「甚好，甚好！」二人就同走到昇陽館酒店上坐定，酒保燙上酒來，濟公一上手，就吃了二十餘碗，吃得高興道：「你妻子怪我來同你吃酒，不知吃酒也有些好處。」我有個小詞兒，唱與你聽著：

日日貪杯醉似泥，未嘗一日不昏迷；細君發怒將言罵，道是人間好酒兒。莫要管，且休痴，人生能有幾多時？杜康會唱蓮花落，劉伶好舞竹枝詞，總不如淵明賞菊醉東籬，今日人何在？留得好名兒。

張提點連聲歎道：「妙絕妙絕！我偶然帶得四幅箋紙在此，趁你今日閒著，替我寫四幅，懸掛在家裏，待你百年之後，時常取出來看看，也是相好中一念。」濟公口裡不說，心裏想道：「這話分明是催我死！」也遂答道：「也好也好！」張提點在袖中摸出箋紙，鋪在桌上，又向酒家借了筆硯，濟公順手寫出四幅字來：

㈠幾度西湖獨上船，篙師識我不論錢；
一聲啼鳥破幽寂，正是山溝落照邊。
㈡湖上春光曲又彎，湖邊畫棟接雕欄；
算來不用一錢貫，輸與山僧相往還。
㈢隔岸桃花紅不勝，夾堤楊柳綠偏增；
兩行白鷺忽飛過，衝破平湖一點清。
㈣五月西湖涼荻秋，新荷吐蕊暗香浮；
明年花落人何在，把酒問花花點頭。

濟公寫完道：「我今日沒興做詩，寫亦胡亂，只好拿去遮遮壁罷！」張提點道：「寫作俱佳，有勞大筆，可再吃幾杯活活心情。」濟公道：「我今日沒心情吃酒，倒不如到處走走，散散心罷！」二人相攙著，信步走到望仙橋下，那橋墩下有個開茶坊的陳乾娘，看見濟公走過，便叫聲：「濟師父那裏去，請裡面吃杯茶歇歇腳吧！」濟公道：「好好好，正想吃茶！」遂同張提點進去坐下，陳乾娘忙沖了兩盞香茶送來，濟公吃完了叫道：「陳乾娘，難得你盡心，時常來擾你的茶，無以爲報，我有一軸畫像，寄放在白馬廟前杜處士家，我寫個帖兒與你去討來，好好放著，後來自有用處。」陳乾娘謝了，叫人去討了來，拿起一看，卻是病冉冉的和尙，心裏不喜，說道：「這個東西有甚用處？」便捲起來撒在半邊。直到後來濟公歸空後，眾太尉要尋濟公的畫像，叫人到各處裱店尋問，都找不到。直到遇著杜處士，方知陳乾娘茶坊裏有一幅，石太尉將三千貫錢與他買了，這是後話。

且說濟公同張提點出了茶坊門，走不多遠撞見一擔海蛳。張提點道：「我聞蛾蝶皆可作頌，不知這海蛳兒能作頌否？」濟公乃信口作頌道：

此物生在東海西，又無鱗甲又無皮；

雖然不入紅羅帳，常與佳人親嘴兒。

張提點大笑道：「頌得妙！遊戲中大有禪意。」此時正是五月天氣，忽然一陣雨來，二人只得走入茶坊暫避。濟公見人拿了雨傘走過，因信口題道：

一竿翠竹，獨立支撑；幾幅油皮，四圍遮蓋。磨破時條條有眼，聯絡處節節皆絲。雖云假合，不異生成；莫道打開，有時放下。擔當雲雨，饒他甕瀉盆傾下；別造晴乾，借此權為不漏天。

須臾雨住，二人又走到長橋，聽得鼓鈸之聲，卻是賣麵果兒的王媽媽，爲王公做吉祥功德。張提點道：「怎這樣人家，也做功德齋僧？」濟公道，怎做不得？豈不知有詩道得好：

唐家街裏閒游慣，媽媽家中請和尚；
三百襯錢五味食，羊毛出在羊身上。

張提點笑道：「花錢飲食事小，難道不要還他道場錢？」濟公道，又有一首爲證：

媽媽好善結良緣，齋僧不論聖和凡；
雖說冥中施捨去，少時暗裏送來還。

張提點笑了一回，二人又往前走，走到清波門，忽見一家門首，曬了一缸醬，濟公看一看，叫了兩聲「阿呀！阿呀！」已走過了，想一想又縮轉來，解開褲子將屁股坐在醬缸沿上，就像上毛坑的一般，嗶嚦嗶嚦的就撒了半缸。那曬醬的人家，有個小僕人看見了，連聲叫苦，急急的趕出門來，要扯住他算帳，濟公已走遠了。小僕人忙去通知主人，主人亂嚷道：「甚麼和尚，敢如此無禮！我趕上扯他回來要他賠！」旁邊一個鄰舍來勸道：「我認得這個和尚是淨慈寺裏的濟顛師，你就趕上他，也只好叫罵他兩句，打他兩下。他一個身子，有甚麼賠你？倒不如認倒霉，快快的倒掉罷！」那主人聽說是濟瘋子，嘆了一口氣，叫小僕人進去，再叫兩個大漢來相幫，抬到溝裏去倒，自掩著鼻子，在旁邊看。不道這醬才倒到一半，那醬缸裏活潑潑的鑽出兩條茶碗樣粗的火赤練蛇來，望著抬缸的頭上亂竄，二人突然看見，膽都唬碎，叫了一聲阿呀！放了手，將醬缸打得粉碎，那蛇就竄入溝裏去了，醬裏還有無數的小蛇，游了一地，主人看見又驚又喜道：「原來濟瘋子故作此態，是救一家性命的，若不虧他，吃了這醬，豈不是死呢！」連忙同著幾個人急急趕上去謝他，已不知往那條路上去了。

卻說那張提點一把拖了濟公，急急的走了一程，才說道：「你雖是遊戲，豈不壞了他一缸醬，倘被他們捉住，要你賠醬，何以處之？」濟公道：「你卻不知，這醬內有毒蛇在內，受了毒氣，若吃了定要傷人，我借此救他一家性命。」張提點半信半疑，一面說，一面走到了一個古董店門口，二人站定看看，忽屏門開處，裏面走出一個婦人來：三十上下年紀，生得好個模樣兒，正打點在門口來做甚麼？看見有人在外，就縮轉身走了進去，濟公猛抬頭一看，叫一聲阿呀！也不分內外，竟趕緊走進去，雙手將那婦人抱定，不知做什麼？且看下回分解。

濟公活佛評述

一、久不刷洗，連虱子也隨我出家了。閒來無事，脫下僧袍，捕捉虱子，催這些短命蟲歸天去。正是：

僧袍虱子穿，學我欲瘋顛；
吸人血滴物，短命馬當先。

二、望仙橋下開茶坊的陳乾娘，待我不薄，故將放在白馬廟前杜處士家的一軸道濟像送她收存，哈哈！留像留書，似乎是遺像遺言，走了這趟，吃喝了這麼多，也好將這些紙張充作抵償，還了一些人情債。

三、屁股坐在醬缸上，下了一頓滾熱飯條，讓主人氣得「死去活來」，恨這濟顛和尚太放肆，出家人為何這般吊兒郎當。他不知這醬缸裡藏著毒蛇，我以毒攻毒，條條俱是香腸佛糞。倒出醬物，才發現其中妙物，感謝濟顛原是活佛，用此妙法解毒！真謝了佛天慈悲，祖上有德。

《第十九回》

救人不徹　歎佛力不如天數
悔予多事　懶飲酒倦於看山

卻說那濟公趕了進去，將那婦人抱定，把口向婦人的頸裏著實咬著，那婦人急得滿臉通紅渾身汗下，高聲大叫道：「罷了罷了！怎青天白日，和尚敢如此無禮！」裏邊爹娘僕人們聽見，都跑了出來，扯著濟公亂打亂罵。濟公任他打罵，只是抱著婦人頸項咬，濟公因當不得爹娘僕人在光頭上打得兇，將手略鬆得一鬆，那婦人掙脫身子，跑進去了。濟公見那婦人進去，跌著腳道：「可惜可惜！還有一股未斷。」濟公站在堂前不走，幸喜這店主人不在家，見婦人脫身進去，也就跟了進去，一個小僕人奈何不得，只得喊鄰舍來相幫，張提點乘空扯著濟公走，這時雖然走出幾個鄰舍來，認得是濟公，知他不是個歪和尚，落得做人情，也不來趕了。

張提點扯著濟公，走得遠了，才埋怨道：「你縱顛也要顛得有些樣影子，怎一個出家人，沒因沒由，抱著婦人的頸子去取笑？」濟公歎了一口氣道：「你不知道，這婦人頸項裏已現出縊死的麻索痕，我一時慈悲，要替他咬斷，只咬斷了兩股，苦被這些冤業不肯放，將我打開，救人不能救到底，好不懊惱。」張提點也還不信。過了兩日，再來打探，這婦人因與丈夫爭氣，果然自縊，麻繩已斷了兩股，惟一股不斷，竟縊死了。方歎濟公的法力，果是不差。

且說當日濟公同張提點又往前走，走得熱了，又走進一個酒店裏來，二人又吃。濟公略略吃了幾杯，即停杯作頌道：

朝也吃，暮也吃，吃得喉嚨滑似漆，吃得肚皮壁立直，吃得眼睛瞪做白，吃得鼻頭糟成赤。有時純陽三斗，有時淳于一石，有時鯨吞，有時龍吸，有時效籬下之陶，有時學甕旁之畢。吃得快，有如月趕流星；吃得久，有似川流不息；吃得乾，有如東海飛塵；吃得滿，有如黃河水溢。其色美，珍珠琥珀；其味醇，瓊漿玉液。問相知，麴櫱最親；論朋友，糟邱莫逆。一上手，潤及五臟；未到口，涎流三尺。只思量他人請，解我之饞；並未曾我做主，還人之席。倒於街，臥於巷，似失僧規；醉了醒，醒了醉，全虧佛力。貴王侯要我超度生靈，莫不篩出來，任我口腹貪饕；大和尚要我開題緣簿，莫不提壺來，任我杯盤狼籍。醺醺然，酣酣然，果然醉了一生；昏昏然，沉沉然，何嘗醒了半日？借此通笑罵之禪，賴此混瘋顛之跡。想一想菩提心，總是徒勞；算一算觀音力，於人何益？在世間只管胡纏，倒不如早些圓寂，雖說是死不如生，到底是動虛靜實。收拾起油嘴一張，放下了空拳兩隻。花落鳥啼，若不自知機；酒闌客散，必遭人面叱。艷陽春色，漫說絕倫；蘭陵清膏，休誇無匹。縱美於打辣酥，即甜如波羅蜜。再若嚐時，何異於曹溪一滴？

濟公頌罷，笑一笑，即放下杯子立起身，張提點見他懶飲，也不苦勸，還了酒錢走出來，便道：「你既不喜吃酒，再同你到湖上看看山水罷！」二人攜手來到湖上，倚著堤柳，看那兩峰二湖之勝，濟公會悟於心，又作一頌道：

山如骨，水如眼，自逞美人顏色；花如笑，鳥如歌，時展才子風流。雖有情牽絆人，而水綠山青，依然自在。即無意斷送我，如鳥啼花落，去也難留。閱歷過許多香車寶馬，消磨了無數公子王孫。畫舫笙歌，何異浮雲過眼；紅樓舞袖，無非水上浮鷗。他人久住，得趣已多；老僧暫來，與復不淺。你既丟開，我又何戀？立在此，只道身閒；看將去，早已眼倦。

咳！非老僧愛山水，竟忘山水；蓋為看於見，不如看於不見。

是時天氣甚熱，有一後生，挑了一擔辣酸菜湯來賣。濟公向張提點道：「這辣酸菜湯甚好吃，要你做個主人請客。」張提點道：「這是小事，你但請吃，我付錢。」那後生盛了一碗來，濟公只兩三口便吃完了，又叫盛來。張提點道：「此物性冷，怕壞肚腹，不宜多吃。」濟公道：

「吃得爽快，管那肚皮做甚！」一碗一碗吃了半桶，張提點付了錢見日已落山，正待送濟公回寺，恰好沈萬法來尋濟顛，遂別了張提點，沿湖堤回到寺中，就一逕走入自己房中去。睡到二更，只聽得肚裏碌碌的作響，因叫沈萬法道：「我肚裏有些作怪，可快些來扶起我到東廁上去。」沈萬法慌忙起來，攙他下床，剛走出房門，濟公叫聲「不好了！」早一陣一陣的瀉將出來。不期門外正有個工人，在那裏修地板，不曾提防，被濟公瀉了一頭一臉，園頭著了急，亂嚷道：「就是瀉肚，也該忍著些，怎就劈頭劈面瀉來！」濟公自覺理短，只得陪個小心道：「阿哥休怪，是我一時急了，得罪得罪！」工人沒法，只得自己洗濯。誰想濟公這一日瀉個不停，才睡下又爬了起來，甚覺疲倦，到天明飲食俱不要吃，松長老得知，忙自進來看道：「濟公你平日最健，爲何今日一病，即疲憊如此？」濟公也不回言，但順口作頌道：

健健健，何足羨？只不過要在人前扯門面。吾聞水要流乾，山要崩陷。豈有血肉之軀支撐六十年而不變？稜稜的瘦骨幾根，瘪瘪的精皮一片。既不能坐高堂享美祿，使他安閒，又何苦忍飢寒奔道路，將他作賤？見真不真假不假，世法難看，且酸的酸，鹹的鹹，人情已厭。夢醒了雖一刻也難留，看破了縱百年亦有限！倒不如瞞著人，悄悄去，靜裏自尋歡；索強似活現，世鬨鬨的，動中討埋怨。急思歸去，非大限之相催；欲反本來，實自家之情願。咦！大雪來，烈日去；冷與暖，弟子已知；瓶乾矣，甕竭矣，醉與醒，請老師勿勸。

松長老聽了，因歎羨道：「濟公來去如此分明，禪門又添一重公案矣！不必強他，可扶他到安樂堂裏去靜養罷！」沈萬法聽見師父要辭世，相守著只是哭。濟公道：「你不用哭，我閒時賴你追隨，醉裏又得你照顧。今日病來，又要你收拾，你一味殷勤，並無懶惰，實是難爲了你，且拜我爲師一場，要傳你法，我平日只知顛狂吃酒，又無法可傳，欲即將顛狂吃酒傳你，又恐你不善吃酒，惹是招非，反誤了終身，壞了佛門規矩。倒不如老老實實取張紙來，待我寫一字與你，問王太尉討張度牒來做個本分和尚，了你一生罷！」沈萬法聽了，又哭道：「師父休爲費心，只願你病好了，再討度牒也不遲。」濟顛道：「我要休矣，不能久待，可快取紙筆來！」沈萬法見師父催促，只得走出來與眾僧商量。眾僧道：「師父既許你討度牒，他做了一世高僧，豈無存下的衣鉢？雖沒有存在寺中，一定寄放在相知的人家。趁他清醒，要求他寫個執照，明日死後，好去取討。」沈萬法搖著頭道：「我師父平日來了便去，過而不留，如何有得？」監寺道：「你師父相處了十六廳朝官，二十四太尉，十八行財主，莫說大衣鉢寄頓，就是沒有，也要化些衣鉢與你，你若不好意思講，可多取一張紙來，待我替你出面向濟公訴說。」

沈萬法信言，取了兩張紙來，放在濟公面前，濟公取一張，寫了與王太尉求度牒的疏，見桌上還有一張便問道：「這一張是要寫什麼的？」沈萬法含著眼淚，不做聲。監寺在旁代說道：「沈萬法說他與你做了一場徒弟，當時初入門，未得什麼好處，指望師徒長久，慢慢的掙住，不幸師父今日又生起病來，他獨自一身，恐後來難過，欲求師父將平日寄放在人家的衣鉢，寫個執照與他，叫他去討兩件來做個紀念也好，萬望師父慈悲。」濟公聽了好笑道：「他要衣缽，有有有，待我寫個執照與他去討。」監寺暗喜道：「此乃沈萬法造化也。」只見濟公提起筆來便寫道：

來時無罣礙，去時無罣礙；
若要我衣缽，兩個光卵袋。

濟公寫完，便擲筆不言。監寺好生無趣，沈萬法忙取二紙，到方丈室中來與長老看，長老道：「你師父看得四大皆空，只寄情詩酒，有甚衣缽？你莫如拿此字到王太尉府中去，取了度牒來，也是你出身之本。」沈萬法道：「長老吩咐的是。」因急急去討了度牒來，回覆師父。濟公又叫他報知各朝官太尉，說我於本年五月十六日圓寂歸西，特請大檀越（施主）一送。沈萬法報了回來，濟公已睡了。次早忽又叫起無名火來，唬得眾僧叫苦，想又是火發，忙報知長老，長老同眾僧齊到安樂堂來看時，有正是：「來去既明靈不昧，皮毛脫卻換金身。」畢竟不知真個又火發否？且看下回分解。

濟公活佛評述

一、古董門內的小媳婦，生得俏麗，道濟一見，心中歡喜，緊往人家頸上咬，這不是一時昏了頭，色迷心竅，原來我慧眼之中，已看出少婦頭上出現了上吊紋，救人要緊，那管什麼禮教？若再授受不親，何來兒女哇叫，……（生小孩）？我這正人君子，瘋顛嬉笑，絕不假正經，暗裡要！明明白白，咬住三寸頸，斷索免上吊。無奈天數難移，婦人亂吼喊叫，說我出家人調戲婦女，三股縊死麻索，只咬斷二條，最後逃不過，還是上吊！正是：

天數難逃嘆奈何？生生死死且高歌；
神仙雖有慈悲願，無命枉然唸彌陀。

二、人命救不成，佛命也當休，莫非又是生死有定數？不管神仙大佛，累了也該休，免得日日露面拋頭。與張提點又到酒店來，略略吃了幾杯，即作頌，敘述了僧臘這段回憶，甜酸苦辣，那有出家寺僧們的清齋淨味，他們實在比我好得多了。為了廣結善緣，佯狂作顛，為了濟世救苦，酒桌醺酣。世人們！不要以為道濟享盡了口腹，且看那生意人，酒家應酬，喝得爛醉，苦酒滿杯，心中多少熬煎，能向誰傾訴？老衲覺得出家事小，出得寺廟才是事大，為了普度廣大眾生，並為後世留得濟公乘願再臨人間的讖言，不得不先演了一戲，使酒味餘香，世世可聞，故在西湖浪跡了一段奇蹟，是毀是譽，無干我事。只要我心自在，那管你鬧鐘直響！誇顛僧、罵顛僧，都是你自家兒的事！你本來面目不悟，生死大事未了，還在爭是弄非，該休了，免被顛僧打一拳！正是：

甜如波羅蜜，

何異曹溪一滴！

※　※　※

罵我誇我，
萬家生佛！

三、古道：「貪花花下死，愛財財中亡。」道濟一生無別嗜好，只愛饞嘴吃不休，故也在此落難了。天氣正熱，讓張提點請了最後一次「點心」？吃了幾碗辣味酸辣湯，只管肚皮爽快，那知大限將到，為吃活命，也為吃喪命。回到寺中，睡至二更，肚裏碌碌作怪，忍不住大瀉一場，洗去了一切骯髒。天明起來，疲倦腰懶，什麼都不要吃，長老覺得事大，道：「濟公！你平日最健，為何今日一病，即疲憊如此？」我也不回言，作頌以答：

這一具臭皮囊，喝得太多，吃得發脹，

如今幻化身相，掃去污穢，瀉盡骯髒，
留個法身清香，換條菩薩腸，佛寺好供養，
辭世空手一雙，芒鞋與蒲扇，盡付太平洋。

五月十六日，寂歸，預購車票，早有訂位，正是：來去既明靈不昧，皮毛脫卻換金身。

《第二十回》 來去明一笑歸真 感應佛千秋顯聖

卻說長老同眾僧齊到安樂堂來看時，並無動靜。只見濟公盤膝而坐，對長老道：「弟子今日要歸去了，敢煩長老做主，喚個剃頭的，來與我剃淨，省我毛葺葺的不便見佛。沈萬法既有了度牒，亦求長老與他披剃了，也可完我一樁心事。」長老一一依從，須臾剃完。忽報說朝官太尉並相識朋友，次第來到。

濟公忙叫沈萬法去燒湯沐浴，換了一身潔淨衣服。沈萬法因匆忙之際，不曾備得僧鞋，一時無措，長老道：「不必著急，我有一雙借與你師父穿去罷！」忙取出來付與沈萬法，替濟公換了。濟公見諸事已畢，坐在禪椅上，叫取文房四寶，寫下一首辭世偈言道：

六十年來狼籍，東壁打到西壁；

如今收拾歸去，依然水連天碧。

寫完放下筆，遂下目垂眉圓寂去了。沈萬法痛哭一場，眾官遂拈香禮拜，各訴說濟公平日感應神通，不勝感歎。

倏忽過了三日，眾僧拜請江心寺大同長老，來與濟公入龕。第四日松長老又啓水陸道場，爲他助修功德，選定八月十六日出喪。

到了那日，眾人起龕，鼓樂喧天，送喪到虎跑山，眾和尚又請了宣石橋長老，與濟公下火，宣石橋長老手執火把道：

濟顛濟顛，瀟灑多年，犯規破戒，不肯認偏；喝佛罵祖，還道是謙。童子隊裏，逆行順化；散聖門前，掘地討天。臨回首，坐脫立化，已棄將盡之局；辭世偈，出凡入聖，自辨無上之虔。還他本色草料，方能滅盡狼煙。

咦！

火光三昧連天碧，狼籍家風四海傳。

宣石橋長老唸畢，舉火燒著，火光中舍利如雨，須臾化畢。沈萬法將骨灰送入塔中，安放好了，然後回去。剛回到淨慈寺山門，只見有兩個行腳僧，迎著問道：「那一位是松少林長老？」長老忙出問道：「二位師父何來，問貧僧有何見教？」二僧道：「小僧兩月前，在六和塔會見上刹的濟書記師父，有書一封，鞋一雙，託小僧寄與長老，因在路耽延，故今日才到。」遂在行囊內取出交與長老，長老一看大驚道：「這雙鞋子乃濟公臨終時老僧親手取出與他穿去，明明燒化，爲何今日又將原物寄還？真不可思議矣！」且拆開書來，看內中有何話說？

愚徒道濟稽首，上書於少林大和尚法座下：竊以水流雲散，容易別離；路遠山遙，急難會面。嗟世事之無常，痛人生之莫定，然大地尚全，寸心不隔，目今桂子香濃，黃花色勝，城中車馬平安，湖上風光無恙，我師忙裏擔當，閑中消受，無量無邊，常清常淨‧拜致殷勤，伏惟保重。道濟不慧，攢開地孔，推倒鐵門。針孔眼裏，走得出來；芥菜子中，尋條去路。幸我佛慈悲，不嗔不怪；煩老天寬大，容逋容逃。故折了禪杖，不怕上高下低；破卻草鞋，管甚拖泥帶水。光著頭，風不吹，雨不洒，何須竹笠？赤了腳，寒不犯，暑不侵，要甚衣包？不募化，為無飢渴；懶莊嚴，因乏皮毛。萬里尋聲救苦，當行則行；一時懶動雀巢，要住即住。塞旁門已非左道，由正路早到西天。一腳踢倒泰山，全無罣礙；雙手劈開金鎖，殊覺逍遙。便寄尺紙之書，少達再生之好。雖成新夢，猶是故人。長嘯三聲，萬山黃葉落；回頭一望，千派碧泉流。尚有欲言，不能違反。乞傳與南北兩山，常叫花紅柳綠；為報東西諸寺，急須鼓打鐘敲。情長難盡，紙短不宣。

又頌付沈萬法道：

看不著，錯認竹籬為木杓，不料三更月正西，麒麟撼斷黃金索。幼年曾到雁門關，老天重睜醉眼看。記得面門當一箭，至今猶自骨皮寒。只因面目無人識，又在天臺走一番。

松長老看完，不勝嘆羨道：「濟公生前遊戲，死後神通，如非自己顯靈，人誰能識？」因將書、靴二物，傳示眾人，那兩個行腳僧，方知濟公已死，驚得呆了。一時朝官太尉，以及相識朋友，曉得此事，無不稱奇，悔恨從前之失禮也。正是：

鐘不敲不鳴，鼓不打不響，

菩薩顯神通，人才知景仰。

又過了些時，錢塘縣一個走卒，來見長老道：「小人在臺州府公幹，偶過天臺山，遇見上刹的濟師父，他原認得小人，有書一封，託小人，寄與長老；故小人特地送來。我還有些事，耽擱不得，先回去了。」長老接了拆開細看，是兩首七言絕句：

(一)片帆飛過浙江東，回首樓臺渺漠中；

傳與諸山詩酒客，休將有限恨無窮。

(二)腳絆緊縶恨無窮，竹杖挑雲入亂峰；
欲識老僧行履處，天臺南嶽舊家風。

長老看了又嘆羡道：「濟公原從天臺來，還從天臺去，來去分明，真是羅漢轉世，故一靈不昧。」走卒聽了，方驚道：「小人只認是活的，原來死了。」吐舌而去。

又過了一、二十年，淨慈寺的山門傾倒，長老寫了緣簿，叫人四方去化，只化得些零星磚瓦，細碎木頭，不得成功，長老正在煩惱，忽有一范村客人，送了一排大木來，要找濟師父收管，長老不知原故，因問道：「這木頭是那位善士發心捨的？」那客人道：「就是小客施捨的。」長老道：「不知貴客為甚發心捨這許多大木？」那客道：「這些大木，一向乾在山中，已經二、三十年不得出山，有一位濟師父來化緣，果蒙佛天保佑，一夜山水大發，一山的大木都沖了出來；故此小客不昧善緣特送此一排來，可請濟師父出來收明白了，好勾緣簿。」長老聽了，忙叫人焚香點燭，拜謝濟公，然後留齋，對客人道：「濟公已作古成佛矣！」客人方知是顯聖，又驚又奇，齋罷而去，合寺僧人無不感佩敬仰。沈萬法一味實修，陞至監寺，年九十三歲而終。自蓋好山門之後，濟公累累顯靈於朝官太尉之家，書難盡載，有詩爲證：

黄金百煉費功夫，費盡工夫只當無；
若是此中留得種，任君世世去耕鋤。

濟公活佛評述

一、走的倦，喝得厭，也該休息了。浪跡數十年，化個頭陀身，雲遊四海，萬物雖環繞我身，我卻不拘於萬物，我行我素，落得清鬆，這就是「大修行」。出家苦，有苦說不出，藏心悶葫蘆，怎得見真吾？不少出家人，患了這個毛病，他們既無這般神通，又缺乏蓮舌法材，故只得困居寺剎，一生自了。目下有人看不慣我這份德性，罵我是獻僧家的醜，那知這個真面目，勝過口中唸彌陀。

二、染滿了塵土，死前剃淨，好見祖宗自家古佛，以免三寸氣斷，才被抬屍沐浴，洗個硬骨頭做什麼？道在死前修，莫待死後再為骷髏做功課，問他他不懂？

三、暫向長老借雙僧鞋，過了天橋，這雙渡船再還您。生前肚裏雖裝了不少廢物，一切瀉盡，盡皆歸還，來時空無一物，去時懶得拖累，盡付一火柱。正是：

六十年來狼籍，東壁打到西壁；
如今收拾歸去，依然水天連碧。
酒歸酒，氣歸氣，酒化水去，氣不再呼吸。
肉歸肉，色歸色，肉熟火灰，色身終粉碎。

四、死去換個身，誰道我不會再來？寄還了長老一隻鞋，一封慰問書，正是：

借物依歸還，絲毫不相欠，
因果分兩斷，世人仔細參。

五、我走了，濟公虛名卻留人間，雖是個瘋和尚，有人為我做經傳，若說比不上釋迦，也勝過一些高僧大德，堪慰堪慰。

六、如今末法之世，沉寂的羅漢顛僧，又不忍道德墮落，宗風無聞，多是個討飯吃，有幾粒入佛口？氣不過我也，故又乘願再來，或道濟公活佛，或說濟顛和尚，以應世顯身，一如往昔作風，仍在俗家尋佛子，火宅勸修身，使世上修行者有所遵循，世上迷途的當頭棒喝，也為禪家塗鴉一筆，善哉，善哉！善僧們！不要猛斥外道，老衲出家偏愛世俗人（外道），沒有他們，也就沒有今天的我！諸位高僧大德！如沒有這些信外道的世人，恐怕你們自身難保呢！你們吃穿行住，都是外道弟兄為你們效勞的！別忘向這些無名英雄頂禮謝恩！諸位足不忍踏蟻，手不敢拍蚊，因何卻對他教善人給予無情打擊？放下屠刀吧，阿彌陀佛！

正是：

你說扶鸞假，我道念經詐；
一樣說法教，三界本一家。

——全篇完——

國家圖書館出版品預行編目 (CIP) 資料

濟公傳 / 宏道文化編輯部著 . -- 二版 .-- 新北市 :
宏道文化事業有限公司出版 :
雅書堂文化事業有限公司發行 , 2022.01
240 面 ; 21×14.7 公分 . -- (經典傳奇 ; 4)
ISBN 978-986-7232-89-2(平裝)

857.44 110021903

【經典傳奇】04

濟公傳 新裝版

作　者／宏道文化編輯部

出 版 者／宏道文化事業有限公司
發 行 者／雅書堂文化事業有限公司
郵撥帳號／ 19934714
戶　名／宏道文化事業有限公司
地　址／新北市板橋區板新路 206 號 3 樓
電子信箱／ sv@elegantbooks.com.tw
電　話／ 02-8952-4078
傳　真／ 02-8952-4084

二版一刷 2022 年 1 月

定價 120 元